KEITAI
SHOUSETSU
BUNKO SINCE 2009
野いちご

お隣のイケメン先輩に、
365日溺愛されています。

みゅーな**

JN032097

STARTS
スターツ出版株式会社

わたしの隣の部屋に住む2つ上の先輩は
「杞羽がいないと、俺死んじゃう」
——とても先輩らしくない。

「俺のこと1人にしないで」
いつも甘えてばかりで。

「んー……杞羽チャン、俺も男なんですよ」
その気にさせるようなことを言ってばかり。

でも……。
「今もこうして、体引っつけられると
フツーに欲情しちゃうんだけど」
ふとしたときに見せる顔は、ずるいくらいに甘いから。

「あーあ。我慢の仕方忘れちゃった」
困らされて、惑わされてばかり。

contents

お隣のイケメン先輩に、365日溺愛されています。

人物紹介

Kiu Sakura
紗倉杞羽
さくら き う

高1。高校入学と同時に1人暮らしをはじめる。家事もできるしっかり者に見えて恋には奥手で、暁生に振りまわされっぱなし!?

Aki Haruse
春瀬暁生
はる せ あき

高3。校内一モテる人気者だけど、女子には興味がない自由人。とこ ろが、偶然お隣さんになった杞羽を溺愛するようになり…?

Saya Sasaki

佐々木沙耶
<small>ささき さや</small>

杞羽とは同じ小中高に通う親友で、高校ではクラスメイト。姉御肌で、恋愛ベタな杞羽の、よき相談役。

Chisato Kino

木野千里
<small>きの ちさと</small>

杞羽の幼なじみで同級生。イケメンでモテるのに、違う高校に通う杞羽が心配でしょうがないくらい杞羽が好き。

Natsu Haruse

春瀬菜津
<small>はるせ なつ</small>

美人でスタイル抜群の23歳。あることから暁生の家に転がり込み、杞羽は暁生の彼女だと勘違いするけど…!?

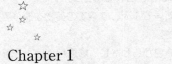

Chapter 1

新生活とマイペースな先輩

「よしっ、これで荷物ラストかな」

　新居で1人、すべての荷物を運び終えてようやく一段落した。

　今日からわたし、紗倉杞羽は1人暮らしを始める。

　ほんとは1人暮らしをする予定はなかったけれど、高校が家からかなり遠いので、高校の近くにあるマンションを借りてもらったのだ。

　お母さんお父さんも最初はとても心配していたけど、幼い頃から料理や掃除を含めて家の手伝いはたくさんしていたので、1人で暮らしていくには何も問題ないと許してくれた。

　明日は、待ちに待った高校の入学式。

　ハンガーにかけられた可愛い制服。

　こうやって、うっとりしながら眺めるのは何度目だろう。

　じつは、制服が来てからというもの、数えきれないくらい眺めて1人ファッションショーもしていた。

　それくらい可愛い制服なの。

「明日からこの制服が着られるのかぁ」

　初めての1人暮らしに少し不安はあるけれど、この制服を見ているだけで、なんとか乗り越えられるんじゃないかなぁって思えてくるから不思議。

　ちなみに、わたしが引っ越した先は5階建てのマンショ

ンで、わたしの部屋があるのは２階。

　ラッキーなことに角部屋が空いていたので即決めて、昨日荷物などを運び、今日ようやく荷物をすべて開封。

　なんとか生活できるまでになった。

　まだまだやりたいこと、やらなきゃいけないことはあるけど、とりあえず明日は入学式なので遅刻してはいけないと思い、早めに眠りにつくことにした。

　翌朝──。

　枕のそばに置いてあるスマホのアラームが繰り返し鳴っている。

　うるさいなぁ……と思いながら、音を止めるために手探りでスマホを探し、まだ眠くて開かない目を細めて画面に表示されている停止をタップする。

「ん……朝、か……」

　今まではお母さんに起こしてもらっていたので、１人で起きるのはなかなか苦労する。

　早起きと自分で起きるのが１人暮らしでいちばん心配かもなぁと思いながら、ベッドから出て身支度をする。

　朝ごはんは、昨日買っておいたコンビニのパンで簡単にすませた。

　朝ごはんを食べ終えて、春休みからずっと着るのを楽しみにしていた制服に腕を通す。

　胸くらいに伸ばした髪は巻かなくても自然と巻かれたようになっていたので、ハーフアップでまとめる。

「よしっ、そろそろ行こうかな」

　新しく買ったローファーを履き、玄関の鍵を持って部屋を出た。

　しっかり鍵をかけたことを確認し、そのままエレベーターのあるところまで行こうとしたとき。

　隣の部屋の前を通過して気づいた。

　……あっ、しまった。

　引っ越してきてから、お隣さんにご挨拶をしていない。

　お母さんに『挨拶くらいはしておきなさいよ』と言われて、手土産も用意してもらっていたのに、すっかり忘れていた。

　隣の202号室の住人さん。

　チラッと表札を見れば、真っ白で何も書かれていない。

　たしか不動産屋さんの話では、隣は人が入っていると聞いたんだけど……。

　まあ、学校から帰ってきてから挨拶すればいっか。

　そのままエントランスへ向かい、マンションを出た。

　時間にかなり余裕を持って出たので、無事に間に合うと思ったら。

「み、道を間違えた……？」

　たしかに学校には到着しているけれど、どうやら裏門から入ってしまったみたいで迷子状態。

　キレイで広い校内。

　学校だっていうのに校舎の数は多すぎだし、どれも同じに見えて、どこに行けばいいのかまったくわからない。

　はっ、そうだ！　沙耶に電話しよう!!

　沙耶は友達で、小学校も中学校も同じで高校も一緒。

　慌ててスマホで電話をかけるけど……電源切ってるし！

　となると、入学式に来ているお母さんに電話を……と思ってかけたけど、こちらも出ない。

　うーーん、ダメだ……もう頼れる人がいない！

　まわりを見ても、生徒どころか先生の姿も見えない。

　これじゃ、教室までたどりつける気がしないよ……。

　それどころか、体育館で行われる入学式に参加できないかも……。

「うぅ……どうしよう」

　落ち込みながらとぼとぼ歩いていると、中庭らしきところについていた。

　広くて大きな花壇には、キレイに咲いている色とりどりの花たち。

　このあたりなら、さすがに誰かいてもいいんじゃ……。

　というか、誰でもいいからこのピンチを助けてほしい。

　若干、諦めかけて花壇のそばにあるベンチに座ろうとしたとき。

「えっ……あっ、人いた！」

　ようやく人を見つけて、テンションが上がったのもつかの間。

　そこにいたのは、ベンチで横になってスヤスヤ眠っている男の人。

　制服を着ているので、おそらく在校生。

　な、なんでこんなところで寝てるの!?

　できれば起きている人に遭遇して、1年生の教室まで案内してほしかったのにまさか寝ているなんて……。

　でもでも、背に腹はかえられない!

　今のわたしが頼れるのは、この人しかいない!

　そっと近づいてみる。

　寝ている男の人は目元を腕で覆っているので、目をつぶっているのかわからない。

　でも、これだけ近づいてもわたしの気配に気づかないということは、おそらく寝ていると思う。

　少し明るめの茶色の髪に、鼻はスッとしていて、薄くて形のいい唇。

　目元は見えないけど、見える顔のパーツは完璧。

　たぶん、かなりのイケメンと思われる。

　片耳に光るピアスに、ゆるく着崩した制服。

　たぶん先輩……かな。

　新入生が、こんなところで寝ているわけないし、入学初日からこんなに派手な1年生は、なかなかいないよね。

　と、とりあえずこの人に助けてもらうしかない!

「あ、あの、すみません」

　ベンチのそばにしゃがみ込んで、声が聞こえるように耳元で話す。

「……」

　でもまったく反応がない。

「あ、あの!　起きてください!」

　今度は少し大きめの声で話しかけ、さらに体を少し揺すってみた。

　すると、肩がピクッと動いた。

　お、起きてくれた？

「ん……？」

　形のいい唇から少し声が漏れて、目元を隠していた腕が、ゆっくりどけられた。

　まだ眠そうだけど、ぱっちりの二重で瞳はキレイな色をしていて。

　まさにイケメン……というか王子様みたい。

　大げさかもしれないけれど、こんなにかっこいい人は初めて見た。

　ずっと見ていたいと思うほど整った顔。

　……って、今は見惚れている場合じゃなくて！

　ハッと我に返って声をかけようとしたら。

「……おやすみ」

　再び寝ようとするから慌てて体を揺する。

「えっ、ええ!?　ちょっ、待ってください、寝ないでください!!」

　すると腕をパシッとつかまれて。

「……俺、今すごーく眠いの」

「やっ、だから寝る前にわたしの話を……」

「……寝込みを襲ってくる子の話、聞くの？」

「は、はい？」

「俺、襲われそーになってるんじゃないの？」

「は、はい!? 断じてそんなつもりはございません!!」

　なんでわたしがそんな危ない人みたいになってるの!?

　何か誤解されてる!?

「へぇ……」

「ちょっ、だから目を閉じないでください!」

　こっちが話しているのに、また目をつぶろうとするので必死に阻止する。

「……安眠妨害」

「いや、ここで安眠するのは無理だと思うんですけど!」

　こんな外でよく寝れるなって感じだし。

「お、お願いですからわたしの話を聞いてください!」

　今のわたしが頼りにできるのは、このイケメンさんしかいないから、どうにかしてもらわないと。

「……んじゃ、手短にどうぞ」

「迷子になりました」

「かなり簡潔にまとめたね」

「だって、あんまりグダグダ話すと、また寝ちゃいそうなので」

「迷子って大変そー」

　他人事って感じで、とても助けてくれそうには見えないけど、今わたしのピンチを救ってくれるのはこのイケメンさんしかいない。

「た、大変なんです、お願いですから助けてください!」

「んー、俺もいろいろ大変なんだよね」

　こんなところで寝ようとしている……いや、寝ていた人

が大変そうには見えないんですけど！

「早くしないと入学式に遅刻……というか参加できなくなっちゃうんです！」

「あー……今日入学式なんだ。ってことは、キミ新入生なの？」

「そうです！　今日から花の女子高生なんです！」

「どのへんに花があるの？」

　そんなところに興味を持たないで、お願いだから助けてよ……！

「と、とにかく、なんでもします、言うこと聞きますから１年生の教室の場所を教えてください……！！」

　必死に頼み込むと、ようやく動いてくれる気になったようで。

「なんでも……ね。んじゃ、その言葉忘れないでね」

　そう言うとベンチから起き上がり、だるそうに歩き出したのでそのあとについていく。

「あ、あの、たぶん先輩だと思いますが何年生なんですか？」

「……」

　む、無視された。

　聞こえていないのかと思って、もう一度話しかけてみる。

「先輩！　聞こえてますか！」

　すると、ピタッと足を止め、わたしのほうを振り返った。

　そして、それはもう面倒くさそうな顔をしながら。

「……喋るのめんどい」

「は、はい？」

「酸素の無駄」

　な、なんだこの先輩。

　ものすごく面倒くさがり屋じゃん！

　そこからはとくに会話をすることもなく、掲示板で自分のクラスを確認して無事に教室まで連れてきてもらえた。

「あっ、ありがとうございました」

　どうせ無視されるだろうと思ったけれど、いちおうお礼は言っておかないと。

「……どーいたしまして。もう迷子にならないよーにね、子猫ちゃん」

　かなり雑な手つきで頭をよしよしと撫でられた。

「わっ、ちょっ、髪が……っ」

　そして、「今度、助けたお礼ちょーだいね」なんて言って、その場からふらっと去っていった。

　結局、何年生なのかも聞けず。

　まあ、きちんとお礼は言ったし、今度なんていつになるかわからないし。

　こんなに大きな学校だから、会うこともそうそうないだろうし。

　そう思いながら教室の中へ。

「あれ、杞羽おはよ。ずいぶんギリギリな時間の登校で」

「お、おはよ沙耶。なんとさっそく校内で迷子になりまして」

「ほほう、よくたどりついたね」

「ほんといろいろ苦労したよ……」

「ってか、また高校でも杞羽と同じクラスになるとはね」

「ほんとに。中学なんて3年間ずっと一緒だったもんね」

　黒板に貼られた座席表を確認すると、真ん中の列の前から3番目。

　なんとも微妙な席。

　そして、わたしの後ろはお決まりの沙耶。

　わたしが紗倉で、沙耶の苗字は佐々木なので、番号順は同じクラスになると前後になることが多い。

　とりあえず入学式に遅刻しなくてよかったと思いながら、自分の席につく。

　しばらくして担任の先生が教室に来て、体育館へと移動して無事に入学式を終えた。

　1日があっという間に終わり、帰る準備をしていると。

「そういえば杞羽って、もう1人暮らし始めたんだっけ？」

「うん、もう始めてるよ」

「それは大変なことで」

「いやいや、沙耶のほうこそ電車とバス利用で、通学時間めちゃくちゃかかるじゃん」

「まあね。でも、わたしには杞羽みたいに1人で暮らす勇気ないし～」

「わたしだって不安だよ」

「何かあったら頼れる人がそばにいないと心細いよねー。たしかマンションだったよね？　お隣さん、どんな人だったの？」

「あっ、それがまだ挨拶できてなくて。今日帰ってから挨拶に行こうかなみたいな」

「ほーう、そうかい。いい感じの人だといいね。何かあったら助けてくれそうなおばちゃんとかだったら心強いよねぇ」

「た、たしかに」

　お隣さん……どんな人なんだろう？と考えながら、沙耶と別れて学校を出た。

お隣さんはまさかの

　沙耶に正門まで案内してもらい、スマホの地図アプリを使ってマンションへと帰る。

　エントランスを抜けてエレベーターに乗り、あっという間に2階へ到着。

　エレベーターを降りてから、少し真っ直ぐ歩くと柱があって、そこを曲がればすぐに自分の部屋につく。

　今日の晩ごはん何にしようかなぁ……なんて、献立を頭の中で考えながら柱を曲がると。

「え……うぇっ!?」

　びっくりして変な声が出てしまった。

　いや、だって目の前になんかすごい光景があるといいますか。

　ちょうどわたしの部屋の隣──つまり202号室の扉の前に男の人がしゃがみ込んでいる。

　な、何してるの……この人。

　まさか不審者……!?

　だったら、なるべく関わりたくない。

　でも、202号室の前を通過しないと自分の部屋までたどりつけない。

　あれ……？　でも、この人の服どこかで見たことあるような……。って、わたしの学校の制服じゃない!?

　しかも、なんか嫌な予感がする。

　こ、このシルエット見覚えがあるような。

　しゃがみ込む怪しい人の前を、そろりと通過しようとしたときだった。

　いきなり顔がバッと上がって、わたしのほうを見たのでバッチリ目が合った。

「……あれ、迷子の子猫ちゃんだ」

　や、やっぱりどこかで見たことあると思ったら。

「な、なんで先輩がここにいるんですか!?」

　なんとびっくり。そこにいたのは、今日わたしのピンチを面倒くさそうに救ってくれた先輩だった。

「だって、俺の家ここだし」

　そう言いながら、202号室の扉を軽くトントン叩いた。

　ちょ、ちょっと待って。

　いったん状況を整理しよう。

　わたしの部屋はたしかにこのマンションの201号室。

　それで、お隣の202号室の住人さんは?

「えっと、先輩どこに住んでるんですか?」

「……は、ここだけど。同じこと言わせないでよ」

「マンション間違えてるってことは……」

「ないね」

　つ、つまり……お隣さんは、この面倒くさがり屋の先輩ってこと!?

「う、嘘……。そんな信じられないです。てっきり隣の住人さんは頼りになるおばちゃんかと期待していたのに……」

　まさか、こんな頼りにならなさそうな人がお隣さんで、

しかも同じ学校の先輩だなんて。

「……なんかよくわかんないけど。子猫ちゃんはなんでここにいるわけ？」

「えっ、だって……」

「まさか俺のあとつけてきたとか？」

　かなり怪しい目で見られた。

「いやいや、それはないです」

　なんでわたしがストーカーみたいな扱いになってるの。

　むしろ先輩のほうが、こんなところでしゃがみ込んでいるから不審者みたいなのに。

「んじゃ、なんでここにいんの？」

「だから、それは……わたしの部屋が先輩の隣なので……」

　ここで事実を告げるしかないので伝えてみた。

「……ふーん、子猫ちゃん隣に住んでんの？」

　“都合いいじゃん” みたいな顔で言ってくる。

「そ、そうみたいです。認めたくないですけど」

「何それ」

　漫画とかドラマでしか見たことない展開すぎて、ついていけそうにない。

　とりあえず、これで先輩と話すことはないから早いところ自分の部屋に入って……。

「って、どいてください先輩！」

　自分の部屋に入ろうとしたら、なぜか阻止してくる先輩。

「ねぇ、子猫ちゃんさ。いま俺がすごーく困ってんのわかんない？」

　いや、そんなのわかんないし！

　ってか、早く自分の部屋に入ればって感じだし！

「それくらい察してよ」

「無茶言わないでください！」

「んじゃ、手短に言う。困ってるから助けて」

　こ、これ完全に今朝のわたしじゃん。

「た、助けてと言われても……」

　おろおろしながらも、なるべく距離を置いて話そうとしたら先輩が急に立ち上がった。

　そして、グイグイ迫ってきたので後ろに２、３歩下がると、手に冷たいコンクリートが当たった。

　気づいたら真後ろは壁。

　目の前には先輩のネクタイ。

　少し顔を上げれば、つまんなさそうにこっちを見てくる先輩の顔。

　下から見るこのアングルでも整っているなんて。

　……って、今はそんなことどうでもよくて！

「へぇ……。俺は今朝助けてあげたのに？」

「そ、それについては感謝しております」

「ここで見捨てるとか恩を仇で返す気？」

「い、いや、あの助けないとは言ってないんですけど。ただ、わたしに何をしろと……？」

　手短に困ってると言われても、何に困ってるかわからないし……！

「今日泊めて」

「は、はい？」

　えっ、この人いきなり何を言ってるの？

「今はいって言ったからオッケーってことね。んじゃ、早く鍵開けて」

「イミワカリマセン」

　そもそも、先輩の名前すら知らないのに。

　そんな見ず知らずの人からいきなり『泊めて』と言われて、『はい、どうぞ』なんて了承できるわけない！

「部屋に入れてくれたらワケ説明するから」

「なんで入る前提なんですか……」

　先輩は引く気はなさそうだし、ここでわたしが折れないと話が進まなさそう。

「へ、部屋には入れますけど、変なことしたら速攻出ていってもらいますから！」

「変なことって何を想像してんの？」

　ニッと笑って、指を顎に添えられてクイッと軽く上げられた。

　ドキドキするなって自分に言い聞かせるけど、目の前にいるのは顔だけはかなり整ったイケメン。

　性格は除いて。

　男の人にあまり免疫がないから、こうして近くで見つめられるだけで耐えられない。

「……なかなかいい顔するじゃん」

「へ……？」

「嫌いじゃないかも」

　ダメだダメだ、騙されるな……!!

　イケメンの仮面に惑わされちゃダメだ……!

「なんなら困らせて泣かせたいかも」

　な、なんだこの人……。わたしが想像している100倍以上にヤバい人かもしれない。

「あ、ありえないです……っ!!」

「……っと、乱暴だね」

　目の前のネクタイをグイッと引っ張ってやった。

　そのまま先輩が少しバランスを崩して、壁に両手をついたせいでさらに逃げ場がなくなる。

「もしかして泣かされたい?」

「んなっ!!」

　そんなこんなで、やっと部屋の中に入ることができた。

　もちろん危険な先輩も一緒に。

「引っ越してきたばかりで少し散らかってますけど」

「んー、俺の部屋よりはキレイかも」

　今日出会ったばかりの男の先輩を部屋にあげるなんて、今朝のわたしからしたらぜったい考えられない。

　小さなダイニングテーブルを買っていて、いちおうイスは２脚あるので先輩に座ってもらう。

　とりあえず、お客さん……的な感じなのでお茶を出してあげた。

「ど、どうぞ」

「気が利くね」

「それと、これもよかったら」

　お母さんがお隣さんに用意してくれた手土産も渡した。
　そして、先輩が座る正面のイスにテーブル１つ挟んで
座った。
「それで、ワケを説明してほしいんですけど」
「んー、とりあえず子猫ちゃんの名前教えてよ」
「紗倉杞羽……ですけど」
「へぇ、可愛いじゃん」
　本心なのかわからないくらい、棒読み感満載。
　ぜったい、わたしに興味なさそう。
「先輩のお名前は。あと、何年生なんですか？」
「春瀬暁生。今年たぶん３年になった」
　たぶんって、自分が何年生になったか把握してないって
ヤバくない？
「それで、今日泊めてというわけのわからない発言につい
て説明してほしいんですけど」
「言葉のとおり。泊めてほしいから頼んでる。部屋に入れ
ないから」
「意味不明すぎます」
「話は簡潔にって聞いたことない？」
「簡潔すぎてかなり困ってます」
「ってか、杞羽って１人暮らしなの？」
「ひ、１人暮らしですけど。……って、なんで杞羽って呼
び捨てなんですか……！」
　フツーにさらっと呼ばれて、ドキッとした自分がとても
恥ずかしい。

「んー、杞羽って呼びやすいし可愛いし」

「っ……！」

　いかん、なぜドキッとするんだ自分……!!

「ってかさー、女の子の１人暮らしってフツーに危ないよね？」

「今とても危ない目に遭っているところですね」

「俺はぜーんぜん危なくないよ」

　両手をパッと広げてこちらにアピールしてくるのが、なんともわざとらしいというか。

「だから俺が守ってあげる」

　これって、イケメンヒーローに言われたらうれしい言葉ナンバーワンくらいのセリフなのに。

　なぜか春瀬先輩が言うと非常に胡散臭く聞こえるというか、今日なんとしても泊まるために無理やり理由を作っているようにしか見えないんだけど！

「と、とりあえず、なんで自分の部屋に入れないのか教えてください」

「鍵を学校に忘れた」

「はぁ……。それなら取りに戻ればいいだけの話じゃ……」

「面倒だから無理」

　くっ、やはりさっきのイケメンセリフは嘘だったか。

「ってか、俺も１人暮らし始めたばっかりなんだけどさ。１人で生活とか無理だから一緒に住んでくれない？」

　ダメだ。頭のネジ２、３本どこかに吹っ飛んでるんじゃないかってくらい意味わかんないこと言ってる。

「なんで今日会ったばかりの人と一緒に住まなきゃいけないんですか!!」

「いーじゃん、同居しようよ。俺ちょうど誰かと住みたいと思ってたんだよね」

　そんなところに、わたしが都合よくひょこっと現れたから一緒に住もうって?

　春瀬先輩の思考が、まったく理解できない!!

「えっとですね、冷静に考えてください。わたしたち今日初めて会ったばかりですよ?　そんな相手と一緒に住めますか?」

「住める」

　はい、イミフメイ。

　なぜそこで即答できるの!?

「杞羽が一緒に住んでくれないなら数日で餓死しそう」

　な、なら、なぜ1人暮らしをしてるの。

　話を聞いてみると、春瀬先輩が引っ越してきたのはわたしが引っ越してきた日の数日前らしい。

　なんで1人暮らしをしているのか聞いてみた。

　どうやら、ご両親に自立（じりつ）しなさいと言われたみたいで、家を追い出されたらしい。

　高校3年生になってから大学を卒業するまで、実家に帰ることを禁止されたそう。

　そこで1人暮らしを始めたはいいものの、今まで身のまわりのことを自分でやってこなかったらしく、生活するのがかなり厳（きび）しい状況らしい。

「そーゆーわけで、俺と一緒に住まない？」

「いや、事情が大変そうなのはわかったんですけど。それで一緒に住みましょうとはならなくないですか！」

　それに、自立したほうがいいって言われたなら、少しは1人で頑張（がんば）ってみればいいのに。

「俺が死んでもいいんだ」

「は、はい？」

「ここ数日まともにごはんも食べてないからお腹も減ってるし。明日あたりぶっ倒れてるかも」

　シュンとした顔をして、嘘を言っているようには見えないけど……。

　ここで追い出して、いきなり倒れられても困るし。

「一緒に住むのは無理ですけど……。今日助けてくれたお礼として、晩ごはん食べていきますか？」

　わたしができることはこれくらい。

「んー、泊まりたい」

「そこは断固拒否（だんこきょひ）です」

「杞羽のケチ」

　ムスッとして拗（す）ねてる。

　わたしよりも年上なのに全然先輩らしくない。

「ケチなんて言ったら今すぐ追い出しますよ」

「嘘。杞羽チャンかわいー」

　ぜったい思ってないでしょ……！

　そんなわかりやすく棒読み感出さなくてもいいのに。

　でも、困っている人を放っておくのはなんだか可哀想（かわいそう）な

ので、結局晩ごはんを作ってあげることにした。

　どうせ自分のも作らなきゃいけないし。

「それじゃ、わたしはキッチンにいるので」

　髪を後ろに１つでまとめて、買ったばかりの薄いピンクのチェック柄の可愛いエプロンをする。

　今日は買い物に行っていないので何を作ろうかなぁ。

　あっ、たしか簡単にグラタンが作れるっていう便利アイテムを春休み中に買っておいたんだ。

　材料も、マカロニと玉ねぎと鶏肉とチーズさえあればできちゃうからこれにしよう。

　あとはサラダとロールパンでいいかな。

　テキパキ料理を進めていると、春瀬先輩がキッチンにやってきた。

「なんかいい匂いする」

「あっ、玉ねぎと鶏肉を炒めてるんです」

「杞羽って料理できるんだね」

「そんな凝ったものは作れないですけど、簡単なものとかなら」

　というか、先輩はいったい何をしに来たんだろう？

　フライパンに向けていた目線を、ふと先輩のほうに向けたら。

「将来いい奥さんになりそう」

「へ？」

　なんでかこっちに近づいてきて、気づいたら背後に立っ

ていた。

　そのままフライパンを覗き込むように見ながら、わたし
の肩に顎を乗せてきた。

「ひっ……！　な、なんですか急に！」

　近いよ近い……っ！

　ちょっと顔を横に向けちゃえば、先輩のキレイすぎる顔
があるせいで変に心臓がバクバク動いちゃう。

　うぅ、ぜったい先輩はそんな意識してないんだろうけど、
こっちからしてみれば、こんなイケメンがそばにいてドキ
ドキしないわけがない。

　でも、それを知られたくないので、必死に視点をフライ
パンに合わせる。

「なんか、こーゆーのいいね」

　わざとなのか無意識なのか、耳元で囁くように鼓膜を揺
さぶってくる。

「何が……ですか？」

「エプロン姿とか可愛いし、さっきと違って髪結んでるの
雰囲気変わっていいかもってこと」

　今朝の先輩は面倒くさそうで、人に興味がなさそうだっ
たのに、急にこんなこと言うのはずるくない……？

　きっと気まぐれな性格だからなんだろうけど。

「あ、あんまり近いと料理しにくいので、その……あっち
で待っててもらえないですか？」

「ん、わかった」

　すんなり聞いてもらえて、先輩はテーブルのほうへ戻っ

ていった。

　ふぅ……危なかった。

　男の人と、こんな至近距離で話すことなんて滅多にないから緊張しちゃう。

　そんなこんなで作り終えて、料理をすべてテーブルに運び晩ごはんスタート。

　市販のクリームソースを使ったから美味しいとは思うけど、不味いとか言われたらどうしよう。

　先輩って言いたいこと遠慮せずにはっきり言いそうなタイプだから。

　先輩が口に運ぶのをジーッと見て反応をうかがうけど、びっくりするくらい無反応。

　かと思えば、よほどお腹が減っていたのか食べ進める手が止まらない。

　こ、これは美味しいから食べてくれてるのかな？

「あの、味は大丈夫ですか？」

「……」

　えっ、無視？

　というか、食べるのに夢中でわたしの話なんて聞いてなくない!?

　そして、あっという間に完食。

　わたしはまだ半分も食べていないのに。

「ねー、杞羽」

「な、なんですか？」

「俺のお嫁さんになって」

「っ……!? はい!?」

　マカロニが喉で詰まって、そのまま口から飛び出してくるところだった。

　もう……っ！ さっきから突拍子もないことばかり言ってくるから勘弁してほしい。

　一緒に住もうとか、お嫁さんになってとか。

　フツーの感覚じゃありえないから……っ！

「杞羽に世話してほしい」

「せ、世話って……」

「毎日こんな美味しいごはん作ってほしい」

　さらっと美味しいって言ってもらえて、少しだけうれしいけど。

　でも、やっぱり相変わらず話がぶっ飛んでいる。

「美味しかったですか？」

「ん。ここ数日食べた中でいちばん美味しかった」

　いったい何を食べていたんだろう。

「もう一緒に住むしかないよね。お嫁さんになってよ」

「いや、なんでそうなるんですか！」

　きっと先輩のことだから、自分のお世話をしてくれる人なら誰でもいいんでしょ？

　別にわたしだからとかじゃないくせに。

「先輩はかっこいいですから。わたしじゃなくてもお世話をしてくれる女の子はたくさんいると思います」

　というか、お世話したいって思ってる女の子とか山ほど

いそうじゃん。

　そもそも、これだけかっこよかったら可愛い子とか選び放題だろうし、彼女とかいないのかなって。

「俺は杞羽がいい」

　うぅぅぅ……騙されるな騙されるな……っ！

　この甘いマスクに騙されて落ちたらいいことない！

　ぜんぶ先輩の思惑どおりになっちゃう。

「杞羽が俺のこと助けてくれたら、俺も杞羽が困ってるとき助けるって約束するから」

「うぅ……でも……」

　昔から押しに弱くて、グイグイこられると断れなくなってしまう。

　でもでも、今流されたら確実に後悔しそうだし。

「……ダメ？」

「っ……」

　ねだるような目で見られたら断れるわけない。

　きっと、こんな甘い顔……他の女の子にも見せているのに——。

先輩との日常

　結局、押しに負けて流されてしまい、先輩のお世話をする日々が始まった。

　学校に鍵を忘れたと言っていたのが1週間前。

　その日は結局、カバンの中をよく探したら鍵が見つかり、晩ごはんを食べてから先輩は自分の部屋に戻っていった。

　そして、ここ1週間。

　わたしは先輩のお世話をする毎日が続いている。

　朝、いつもより自分の支度を早く終わらせ部屋を出る。

　そして、春瀬先輩がいる隣の部屋へ。

　もらった合鍵で部屋の中に入るのも最初は慣れなかったけど、今は少し慣れた。

　出会って数日の相手に合鍵を簡単に渡すのってどうなの？って思うけど、春瀬先輩はまったく気にしていないみたい。『杞羽だからいいや』とか言っていたし。

　いつも先輩が眠っている寝室の扉をノックもせずに開けると、もう起きなきゃいけない時間なのに起きている気配なし。

　部屋の真ん中にドーンッと置かれたベッドが、少しだけ盛り上がっているのが見える。

　これは……完全に寝てる。

　ちゃんと起きられるように、毎日スマホのアラームをセットしてあげてるのに！

「先輩!!　起きてくださいっ!」

　ガバッと布団をめくると、いつものごとくお気に入りの抱き枕を抱きしめて眠る先輩がいた。

「もうっ!　いい加減起きないと遅刻しちゃいますよ!」

　体をゆさゆさ揺すっても全然起きない。

　こうなったら抱き枕を取りあげるしかない。

「うぅ、なかなかしぶとい……っ」

　取りあげようとしたら、なかなかの力で引っ張ってくる。

「ん……」

　すると、ようやく眠りから覚めてきたのか先輩がゆっくり目を開けた。

　眠そうで、目がとろーんとしていて。

　少しだけ寝癖がついていて。

　そんなゆるい姿ですらイケメンに見える……って、違う違う!!

「お、おはようございます」

　ボーッとして、こっちを見てる。

　先輩は普段からこんな感じだけど、寝起きはさらにゆるゆるさが増してる。

「ん、おやすみ……」

「え?」

　わたしが『おはよう』って言ったのに、なんで『おやすみ』なの!?

　ってか、また寝ようとしてるし!!

「寝ちゃダメですって……!」

　阻止するためにベッドの上に乗ったら、バランスを崩して先輩の体の上にダイブしてしまった。

「……朝から大胆（だいたん）だね」

「なっ、違います!!」

「んじゃ、どーして俺の上に乗ってるの？」

「これはっ、バランスを崩しただけです」

　早くどきたいのに、先輩の長すぎる腕が両方とも腰（こし）に回ってきているせいで動けないし。

「なんか杞羽って抱き心地いい……」

「は、はい？」

「あの抱き枕ビミョーなんだよね。杞羽のほうがやわらかいし、抱いてて気持ちいい」

「ひゃっ、ちょっ……どこ触（さわ）ってるんですかっ!!」

　どさくさに紛（まぎ）れて何してるの!?

　先輩って自分のしたいようにするから、こっちじゃ手におえない……!!

「どこって杞羽の体？」

「ぬぁぁぁ！　言わなくていいです!!」

「聞いてきたくせに」

「うぅ、もう離してください……っ！」

　毎朝こんな感じで起こすのだけでひと苦労。

　すると、やっとしっかり目が覚めてきたのかゆっくり体を起こした。

　同時にわたしも先輩の上からどくことができて、これでようやく起こすの終わり──かと思いきや。

　なんでか両手をガバッと広げてこっちを見ている。

「杞羽がギュッてしてくれたら起きる」

　寝起きの先輩は子どもみたい。

　出会った1週間前の頃は人に興味がなさそうで、なんなら喋るのも面倒くさそうで。

　でも、こういう気まぐれな猫みたいな性格の人は、自分のお世話をしてくれる人にはとことん懐くみたい。

「……してくれないなら寝る」

「わかりましたわかりました!!」

　再びベッドに体を倒そうとするから、とっさにそれを阻止して先輩の大きな体をギュッと抱きしめる。

　な、なんだか大きな子ども……というか、猫を飼っているような気分。

「そ、それじゃあ、わたしは朝ごはん準備してくるので、ちゃんと起きて着替えてくださいね?」

「ん……わかった」

　寝室を出たわたしは、キッチンを借りて先輩の朝ごはんを準備する。

　まだ出会って1週間しか経っていない人の部屋のキッチンで、ごはんを作ることになるなんて。

　引っ越してきたばかりの頃のわたしじゃ、想像もできなかっただろうなぁ……。

　フライパンで目玉焼きとベーコンを焼いて。食パンをトースターで焼いて、サラダも用意してあげた。

　キッチンのそばにあるテーブルに出来あがった料理を運

んでいると、先輩がリビングに入ってきた。

「あっ、今ごはん……って、なんで上半身裸なんですか!?」

　やっと支度を終わらせたのかと思えば、なんで上だけ何も着てないの!?

　目のやり場に困るし、そんなセクシーな格好でうろうろしないでほしいんですけど！

「シャツ……どこ？」

「は、はい？」

「シャツないからガッコー行けない」

「ええ、洗濯物はどこですか!?」

「カゴの中」

　わたしが昨日、洗濯までして取り込んであげたのに。

　さすがになんでもやっちゃうのはよくないから、せめてたたんでおくように言ったのに、なんでカゴに入ったままなの!!

「ちゃんとたたまないとダメですよ……！」

「めんどい」

「それで着るものがなくなったらダメじゃないですか！」

「んじゃ、着るものないから休む」

　先輩のご両親が自立しなさいって家を追い出したのが、よくわかる。

　自立って言葉がほど遠いような。

　このまま放置していたら、確実にダメダメ人間まっしぐらじゃん。

「休んじゃダメです！　シャツはちゃんとアイロンしない

とダメですよ!!」

　仕方ないから探してあげることに。

　あぁ、こうやって甘やかしちゃうのがよくないんだろう
けど、放置したら何もしなくなっちゃうだろうから。

「アイロンあったかわかんない」

「えぇ……！　じゃあ、今日はとりあえずわたしが部屋に
戻ってアイロンかけてきますから！　先輩は朝ごはん食べ
ててください！」

　慌てて先輩の部屋を飛び出し、自分の部屋に戻って急い
でアイロンをかける。

　アイロンをかけ終え、ダッシュで先輩の部屋へ。

「って、なんで何も着ないでごはん食べてるんですか!!」

　シャツが出来あがるまで何か着てごはんを食べればいい
のに、なぜそのまま食べてるの!?

「めんどいし、お腹すいたから」

「もうっ!!　じゃあ、早くこれ着てくださいっ！」

　呑気にごはんを食べている先輩にシャツを渡す。

「ねー、杞羽」

「なんですか？」

「トマト嫌い」

「はい？」

「だから食べて」

「んぐっ!!」

　いきなりトマトを口の中に入れられて、変な声が出
ちゃったし。

「これからサラダにトマト入れないで」

「好き嫌いはダメですよ」

「別にトマト食べなくても死なないし」

　言い訳が子どもみたい。ってか、先輩ってほんとに高校３年生なのか疑（うたが）っちゃう。

「それより早く食べて支度してください！　わたしはもう先に行きますから！」

　朝きちんと起こしたし、ごはんも作ったし、シャツも用意してあげたし。

　これでわたしの役目は終わったので、そのまま出ていこうとしたら。

「俺のこと置いてくの？」

「だって、もう行かないと遅刻しちゃ──」

　急に制服の裾（すそ）をつかんできて、なんともいえない顔でこっちを見てくる。

「俺のことひとりにしないで」

　こんなふうに甘えてきて、甘やかしたらダメなのに。

　こういう人を放っておけないっていうか。

「うぅ……。わ、わかりましたから」

　結局、先輩がごはんを食べ終えて、すべての支度を終えるまで待ってあげた。

　そして、やっと学校に行けるかと思いきや。

「あっ、ネクタイ曲がってます」

「杞羽が直して」

　これくらい自分でやってくれたらいいのに。

「少しかがんでください」

「ん」

　先輩って身長いくつなんだろう。

　わたしは150センチないから、先輩との身長差がすごいある。

　たぶん170センチ後半はありそう。

　つま先立ちをして、慣れないネクタイをきちんと結び直してあげる。

「はい、できました」

「ん、ありがと」

　ネクタイに夢中で出来あがってパッと顔を上げたら、意外と先輩の顔が近くにあってびっくり。

「うっ、あ……っ」

　しまいには、つま先立ちからバランスを崩して先輩の胸に飛び込んでしまった。

「どーしたの？」

「……やっ、な、なんでも」

　というか近い近い……っ！

　目の前にネクタイがあるし、先輩の腕が腰のあたりに回ってるし。

　控えめに先輩を見たらキョトンとした顔をして、なんともなさそう。

　うぬぬ……こんなに慌ててドキッとしているのはわたしだけなんだ。

　先輩からすれば、こんなふうに触れるのは朝飯前って？

　だって、ぜったいモテるから女の子の扱いとか慣れてそうだもん。

「きーう」

「ひっ……!!　な、なななんですか!!」

「いつまで俺の腕の中にいるの？」

「は、離れます……!!」

　先輩の胸板を押し返して、なんとか距離を取った。

　そして2人でマンションを出て、なぜか一緒に登校。

　マンションから学校までは徒歩15分ほど。

　電車やバスなどを使わなくてもいいのは最高にラク。

　……なんだけど。

「あれって春瀬先輩だよね！」

「ほんとだぁ。隣にいるあの子、誰なんだろう」

「え、もしかして彼女とか!?」

　はっ……！　しまったぁ。フツーに先輩の隣を歩いていたけれど、まわりから聞こえる声にハッとした。

「もし彼女だったらショックなんだけど～」

「たしかに！　春瀬先輩のファン多いもんね～」

　ファンって。どこかのアイドルですか……。

　先輩ってやっぱりモテるんだ。

　そりゃそうだよね。性格は除いて見た目はスーパーイケメンだもん。

　これは、呑気に隣で歩いている場合じゃなさそう。

　ささっと後ろに下がって、先輩の少し後ろを歩くことに。

　そして、遅刻せずになんとか無事に学校についた。

「おはよー。遅刻ギリギリだねー」

「お、おはよ沙耶」

　教室に入って席につくと、後ろに座る沙耶が机に折りたたみの鏡を立てて唇にリップを塗っていた。

「さては、春瀬先輩とイチャイチャしてるんだな、まったく〜」

「いやいや違うし！　しかもそれ、あんまり大きな声で言わないで!!」

　沙耶には先輩が隣に住んでいて、最近になって先輩のお世話をしていることを唯一話している。

　相談に乗ってもらえるのかと思いきや、からかう材料にされてしまって、毎朝こうやって茶化してくるから勘弁してほしい。

「まさかの隣人が、スーパー頼りになるおばちゃんじゃなくて、校内で有名なイケメンの春瀬先輩だったとはねー」

「うぅ……頼りにするはずがされてばっかりだよ」

「でも春瀬先輩は杞羽に懐いてるんでしょ？」

「懐いてるっていうか……。なんか息子ができた気分」

「あははっ、息子って。あんなイケメンが四六時中そばにいてドキドキしないわけ？」

「いやいや、四六時中はいないから!!　ドキドキはしちゃうけど……。先輩いちいち距離近いし」

　ぜったい距離とか取らないもん。

　フツーに近づいて何がダメなの？みたいな感覚でいそうだし。

「へぇ～。こりゃ、まわりの女子とかに知られたら袋叩き
にされそうだね」

「そ、そんな怖いこと言わないでよぉ……」

「春瀬先輩って、見てのとおりルックスが素晴らしいから
ね～。彼女になりたい女子なんて山ほどいるし」

「彼女とかいないの？」

「いないらしいよ　なんか告白しても女子はみんな撃沈
してるみたい。だからといって、誰でもよくて遊んでるわ
けでもないっぽいし」

　あぁ、そっか。先輩ってそもそも他人に興味がないから、
遊んでる暇があるなら寝たいとか思っていそう。

「そもそも春瀬先輩って女の子にまったく興味ないって噂
だよ～？　あんまり口もきいてもらえないみたいだし」

　た、たしかに。初めて会ったときの先輩の態度はかなり
ひどかったような。

　話すの無理、酸素の無駄、みたいな感じだったし。

「そんなイケメンを手懐けた杞羽はさすがだね～。もういっ
そのことお嫁さんになっちゃえば？　プロポーズされたん
でしょ？」

「だからー!!　それはプロポーズじゃないし！　単純に自
分のお世話をしてほしいからわけのわかんないこと言って
るだけなの！」

「わかんないよ～？　杞羽のこと気に入ってたりして」

「な、ないない!!」

　どうせ、わたしのことなんて都合のいいお世話をしてく

れるお母さん代理みたいな感覚だろうし。

「もしかしたら、杞羽に会いたくて教室まで来ちゃったりして〜」

「ないない、ありえない!!」

　──なんて、こんな会話をしていたのが朝のこと。

　そして迎えたお昼休み。

　まさかのまさか。作ってきたお弁当を沙耶と食べようとしたとき、廊下（ろうか）がざわつき始めた。

　女の子たちの黄色い声が飛び交（か）っている。

　自分には関係ないと思っていたら……。

「きーう」

　なんとびっくり、廊下のほうになぜか春瀬先輩がいるではないか。

　う、嘘っ。なんでここに来ちゃってるの!?

　しかもそんな堂々と名前呼ばないで……!!

　めちゃくちゃ目立ってるから!!

「ほらほらー。やっぱり杞羽に会いたくて来たんじゃない?」

「いや違うから!」

「んじゃ、なんでここに来るの〜?　杞羽から聞いた話だと、春瀬先輩って面倒くさがり屋なんでしょ?　そんな人がわざわざフロアも違う他学年の教室に来るかね〜」

「そ、それはなんで来たのかわかんないけど」

　わたしが沙耶と話している間に、先輩は5〜6人くらい

の女の子に囲まれていた。

　うわ、さすが……。

　ちょっと目を離した隙に、もう女の子に囲まれちゃってるなんて。

「あのっ、春瀬先輩っ！　どうしてここに？」

「……」

「誰か探してるんですか？」

「……」

　目をキラキラ輝かせて先輩に話しかけているのは、学年でも可愛いと評判の姫花ちゃん。

　せっかく姫花ちゃんが話しかけているのにフル無視。

　というか、全然姫花ちゃんのほうを見てないし、まったく興味を示していない。

「ほらー、杞羽のこと待ってるんだって。早く行ってあげなよ」

「や、でも、姫花ちゃんが話しかけて無視されてるならわたしも無視されるんじゃ……」

「なに言ってんの。さっき杞羽の名前呼んでたじゃん！ほら、さっさといってらっしゃい」

　仕方なく先輩のいる前の扉のほうへ。

　一方の姫花ちゃんたちは、先輩が無視するからどこかへ行ってしまった。

「え、えっと、何か……？」

　クラスメイトたちの視線が若干……というか、かなり痛いので、さっさと用件を聞いて立ち去ってもらわないと。

　先輩はジーッとわたしの顔を見たあと。

「……ひぇ!?　な、なんですか!?」

　いきなりわたしのほうに倒れてきた。

　とっさに支えたけど、はたから見たらこれじゃ抱き合ってるみたいに見えるし!!

　クラス内がザワッとし始め、悲鳴みたいな声も聞こえてくるし!!

「ちょ、ちょっ、先輩……っ!!」

「お腹……すいた」

「は、はい?」

「お腹すいた」

　いや、2回も言わなくてもわかるけど。

　まさかここに来た理由って……。

「なんかちょーだい」

　お昼ごはんがないから?

　ってか、子どもじゃないんだから自分でどうにかしてほしい。

「購買とかで何か買ってこなかったんですか?」

「行くのめんどい」

「食堂で食べてきたら……」

「行くのめんどい」

　いやいや。ぜんぶ同じ回答じゃん。

「で、でも、わたしの教室には来てるじゃないですか」

「だって杞羽に会いたかったから」

　えっ、なんですか。いきなりの胸キュンゼリフは。

「わ、わたしに会いたかったって……」

　そんなこと言われたら、フツーはドキドキしちゃう。

　どこに行くのも面倒な先輩が、わざわざわたしのクラスに来てくれるなんて、ちょっぴりうれしいような。

「なんか食べさせてくれそーだから」

「……へ？」

　期待値を散々上げておいて、一気に奈落の底に突き落とされた気分。

　な、何それ何それ……！

　わたしに会いに来た理由は、何か食べさせてほしいから!?

「もう……！　わたしがお昼食べちゃったあとだったらどうするんですか！」

　お弁当に手をつける前だったからいいけど。

　いや、よくないけど。

「杞羽、お弁当持ってきてる？」

「持ってきてますよ」

「それちょーだい」

「ダメです、わたしの分です」

「杞羽のケチ、帰る」

「か、帰るってどこにですか」

「家」

　ええ……！　気に入らないから拗ねて帰るとか小学生じゃん。

「わかりましたわかりました！　それじゃ、わたしのお弁

当分けてあげますから！」

　結局、沙耶に謝ってお昼を先輩と食べることに。

　先輩といると目立つので、あまり人がいない屋上でわた
しのお弁当を半分こ。

　そして翌日から、作るお弁当が１つ増えることになった
のは言うまでもない。

ハプニングは突然に

　春瀬先輩のお世話と１人暮らしを始めてから、約１ヶ月ほどがすぎた５月の上旬（じょうじゅん）。

　最初の頃は、なんでわたしが先輩のお世話なんかしなきゃいけないのって思っていたけれど。

　最近はそんな毎日が楽しかったり。

　もともと小さい子のお世話をするのが好きで、可愛い弟が欲しいと思っていた。

　だから、先輩のお世話をするのは嫌いじゃなかったり。

　極めつけは、いつも何かしてあげるたびに『……ありがと、杞羽』って、キラースマイルでお礼を言われるから、ついその笑顔に騙されてお世話をしちゃう毎日。

　そして、今日は家庭科の授業で調理実習があってマフィンを焼いた。

　女の子たちはマフィンを誰に渡すかで大盛り上がり。

　話題の中心にいるのは、もちろん──。

「ねぇ、聞いてよ〜！　調理実習で作ったマフィン春瀬先輩に渡したんだけど、受け取ってもらえなかった〜」

「あぁ、他の子も渡したらしいけど、いらないって断られたらしいよ〜」

　まわりの子たちの会話が耳に入ってくる。

　先輩の人気っぷりは相変わらずだなぁ……。

「ってか、他人が作ったものとか口にしたくないんだって
さ〜。さすがに傷つくよね」

　えっ……そうなの？　いつもわたしが作るものは美味し
いって食べてくれるのに。

　先輩すごくモテるけど、1人暮らしの姿を見たら幻滅さ<ruby>幻滅<rt>げんめつ</rt></ruby>
れるだろうなぁ。1人じゃ何もできないし。

　そんな先輩のみんなが知らない一面を知っているのはわ
たしだけなんだって思うと、なんだかちょっとだけ特別感。

　そして、その日の夜。

　いつもと変わらず先輩のごはんの準備をしていたとき。

「ねー、杞羽。俺にプレゼントあるでしょ？」

「んえ？」

　プレゼント？　はて、そんなのあったっけ？

「とぼけたフリしないで早くちょーだいよ」

「え、えっ？　いや、ほんとになんのことかわかんないです」

　すると、ムッとした顔をして「……マフィンないの？」
と言った。

　あぁ、家庭科の授業で作ったやつのことか！

　いちおう自分用に持って帰ってきたけど、先輩の分は
まったく考えていなかった。

「あ、ありますけど。わたしの分ですよ」

「俺にちょーだいよ、食べたい」

　いやいや、それならなんで他の女の子から受け取らな
かったの!?

　いろんな子が渡してるはずだし、ぜんぶ断ってること噂で聞いたんだから！

　それを先輩に言ってみたら。

「……他の子のはいらない。杞羽の作ったやつがいい」

「っ……！」

　うっ、何それずるくない……？

　他の子より特別扱いされてるって思っちゃうじゃん。

　これくらいでドキッとしちゃうなんて単純だ。

　結局、おねだりに勝てず自分のやつをあげちゃうわたしって、先輩に甘いような気がする。

　そんな生活が続いたとある土曜日。

　事件は突然起きた。

「う、嘘でしょ……お風呂壊れた!?」

　時刻は夜の８時をすぎて、お風呂の準備をしようとしたらなぜかお湯が出てこない。

　いつもどおり設定したのに、出てくるのは冷たい水。

　何回やり直しても、お湯がまったく出てこない。

　こ、これじゃ今日お風呂入れないの!?

　まさかのハプニングに襲われてしまった。

　大家さんに連絡しようにも、もう夜だし。

　それに連絡がついたとしても、修理業者の人は土日は休みだろうし。

　うっ、どうしよう。

　お風呂だけ入りに実家に帰る？

　でも、もうこんな時間だし。

　近くにお風呂屋さんとかあればいいけど、ないし。

　あっ、でも待てよ。

　ふと、いいことを思いついて、急いでお風呂セットを準備して部屋を飛び出した。

　向かった先はもちろん──。

「……なーに。インターホンなんか鳴らして」

「え、えっと」

「フツーに鍵使って入ればいーのに」

　いちおう合鍵を持っているとはいえ、少し遅い時間なのでインターホンを鳴らしたら、面倒くさそうに扉を開けてくれた先輩。

「あのっ、突然で申し訳ないんですけど、わたしの部屋のお風呂が壊れてしまって……。そ、それでよければ、お風呂を貸してもらえないかなぁと」

　控えめに、お願いって目で訴えてみたら。

「今ちょうど準備してるところだからいーよ」

「ほんとですか!?」

「いつも杞羽にはお世話してもらってるし」

　はぁぁぁ、よかったぁぁ!!

　先輩もたまにはいいとこあるじゃん！

　ついさっきまで先輩の晩ごはんを作ってあげて自分の部屋に戻ったのに、また来ることになるとは。

「テキトーに座ってくつろいでていーよ」

　そう言われても。いつも先輩の部屋に来たときは、だい

たい家事をやって帰るから、こうして何もしないで部屋に上げてもらうのは初めてかも。

　だからテキトーにとか言われても、どうしようってなっちゃう。

　とりあえず、ずっと立ったままでいるわけにはいかないので、奥にあるソファの上にちょこんと座る。

「準備できたから杞羽が先に入っていーよ」

「えっ、そこは先輩が先のほうが……」

　わたしが突然押しかけちゃったわけだし。

　と、というか……今よくよく考えてみたら、わたしとんでもないことをしちゃってるんじゃない……!?

　いくら近くだからここに来たとはいえ、お風呂を借りるなんて、いろいろまずいような。

　ほら、漫画とかでよくあるラブハプニング的なの起こっちゃったら。

　だ、だって、今ここにいるのはわたしと先輩だけで。

　仮にも高校生の男女２人なわけで。

　何か起こってもおかしくないような。

　いやいや、でも普段から先輩の部屋で２人で過ごしてるみたいなものだから今さらそんなこと考えても……ね！

　うぅ、でもやっぱり、お風呂を借りるっていうのは、ちょっと……というか、だいぶ緊張しちゃう。

　目先のことだけ考えていたせいだぁ……。

　思考がプシューッと停止したせいで、先輩の目の前で固まって動けないし、言葉も発せない。

「杞羽？」

「ひっ……!!」

　いきなり下から覗き込むように先輩の顔が飛び込んできて、声が上ずった。

「急に固まってどーかした？」

「えっ……あ、や、……えっと……」

　ど、どどどうした自分……!!

　変に意識し始めた途端、日本語すらまともに喋れなくなってるじゃんか。

「……もしかして意識してる？」

「へっ!?」

「安心しなよ。杞羽がお風呂に入ってる間に襲うなんてラブハプニングは起こんないから」

「っ!?」

　えっ、なんでわたしの思考がダダ漏れなの!?

　まさか無意識に口に出してないよね!?

「杞羽がもっと色っぽい体してたら……ね」

　上から下までジーッと舐めるように見て、指先がピタッとある場所で止まった。

「……残念ながら、俺はもっと大きいほーがすき」

「んなっ!!」

　人が気にしてるのに……!!

　遠回しに胸の大きさを指摘してくるなんて、デリカシーなさすぎ!!

「でもまあ……杞羽がどうしても襲ってほしいなら──」

「け、結構です!!　先輩のバカッ!!」

　ソファにあったクッションを顔に投げつけて、持ってきていたお風呂セットを手にリビングを飛び出した。

「もうっ、ほんとデリカシーないんだから……!!」

　ぶんすか怒りながら、バサバサッと服を脱いでお風呂の中へ。

　さっきまで変に意識していたくせに今は全然。

　どうせ、わたしみたいなお子ちゃま体型には興味ないだろうし。

　意識して損した気分。

　30分くらいで髪や体を洗って、お風呂から出た。

　部屋から持ってきたバスタオルを手に取って、そのまま着替えようとしたんだけど……。

「えっ……嘘」

　バスタオルと同じ袋に下着や部屋着を入れてきたつもりだったのに、部屋着だけ袋を分けたせいで、それをソファの上に置いてきたことに今さら気づいた。

　ど、どどどうしよう。

　下着姿でうろうろするわけにはいかないし。

　先輩にここまで持ってきてもらう……でも、さっきクッションを投げつけちゃったから怒って持ってきてくれないかも。

　も、もしかしたら先輩のことだから寝てたり……しないかな。

　えぇい、こうなったらバスタオルを体に巻きつけて、さ
さっと取りに行っちゃえばいいんだ……っ！

　そっと脱衣所の扉を開けて、リビングのほうへ。

　どうか先輩がいませんように……！って願いながらリビ
ングの扉を開けた。

「あ……よかった、いない」

　リビングは空っぽで、先輩の姿はない。ソファの上には、
わたしの部屋着が入っている袋があった。

　しめしめ、このまま脱衣所に戻ればこっちのもの——。

「……そんな格好で何してんの？」

「んえ？」

　後ろから聞こえてきた声に終わったと思った。

　恐る恐る振り返ったら、そこにいたのはもちろん……。

「は、はるせ、せんぱい……」

「ずいぶん大胆な格好してんじゃん」

　な、なななんで、こんなタイミング悪いの……っ！

　あとちょっとだったのに!!

「いや……えっと、これにはいろいろ事情があって！　も、
もうあの、ここから去るので!!」

　袋を持ち、急いで脱衣所に行こうとしたんだけど。

「……杞羽はダメな子だね」

「へ……っ？」

　なんでか先輩がこっちに迫ってきて、わたしの目の前に
立った。

「男の部屋でこんな無防備な格好してるなんて」

「ひぇ……っ」

　腰のあたりに腕が回ってきて、いきなり抱きしめられて先輩の体がほぼ目の前。

　バスタオル1枚しかまとっていない、とても危険な状況。

　でも、先輩はわたしみたいな幼児体型には興味ないはずだから、何も起こるわけないのに。

　異常なくらいの緊張と、近すぎるこの距離のせいで心臓がフルに動き出す。

「これなら……何されても文句言えないよ」

　先輩のキレイな指先がバスタオルを引っ張ってくる。

「ま、待ってください……っ。そのバスタオル、取っちゃダメ……です」

　これを剥がされたら、何も身にまとっていないからなんとしても阻止しなきゃいけない。

「ねぇ、知ってる？」

「な、何を……っ」

　わざと耳元で話して、フッと息を吹きかけられて、体がピクッと跳ねる。

「ダメって言われるとやりたくなるの」

　その直後、首筋にやわらかい感触。

　少し湿った唇と、生温かい舌がツーッと舐めてきて、思わず先輩のシャツをギュッと握る。

「……ぅ……やっ」

「……反応しちゃって。気持ちいい？」

　声が抑えられないし、体が熱くて力を込めてもだんだん

抜けていく。

　舐められてゾワッとするし、たまに軽く吸われて、感じたことない感覚に体がおかしくなりそう。

「や……だ……っ」

　ない力で押し返すけど、先輩はビクともしない。

「……そんな可愛い声出しちゃ逆効果」

　やだやだ、こんな慣れてる先輩の思いどおりになりたくないのに。

　体がその意思に反して全然抵抗できない。

「ぅ……っ、……あっ」

　ついに力が入らなくなって膝から崩れ落ちそうになったけど、先輩がとっさに体を支えてくれた。

「……っと。危ないね」

　このまま解放してくれたらいいのに。

　まったく離してくれない。

「杞羽の反応すごくいいからもっとしたくなる」

「ひゃぁ……っ、み、耳元で話さないで……っ」

　耳たぶのあたりに先輩のやわらかい唇があたってくすぐったいし、腰のあたりが勝手にビクッと跳ねる。

　こんなのぜったいおかしいはずなのに、先輩に甘いことをされると体が言うことを聞いてくれない。

　どうせ、わたしのことが好きだからこうやって触れてくるわけじゃないのに。

　気まぐれで、自分勝手。

　性格に少し難があったとしても、誰もがうらやむような

ルックスの持ち主。

　そんな人が、わたしみたいなのを本気で相手にするわけないし、こういうことだっていろんな女の人としていそうだから。

　少し……ほんの少しだけ胸のあたりがモヤッとした。

　何も経験がないわたしと、あきらかに経験豊富そうな先輩。この差が少し虚しく感じた。

「……耳弱いの？」

「ち、ちがっ……」

「違うなら、もっと攻めていい？」

「っ……、ダメ、です」

　精いっぱいの抵抗を表すように、先輩の瞳をジッと見つめた。

　表情は相変わらず何を考えているか読み取らせてくれないし、崩れない。

「……ダメって顔してないけど」

「っ……」

「そんな真っ赤な顔して、潤んだ瞳で見つめて」

　自分が今、先輩の瞳にどう映っているかなんてわかんない。というか、知りたくない。

「……なんか久々にクラッときたかも」

「へ……っ」

　目の前が突然、フッと暗くなった。

　その直後、唇の真横スレスレに……やわらかい感触。

　視界は先輩の大きな手で覆われたまま。

　……おそらく唇が触れた。

　思考は停止寸前。

　そして、覆っていた手がどけられた。

「……唇は外したよ」

「っ……」

　片方の口角を上げて余裕そうに笑う。

　そして、親指をグッと唇に押しつけてきた。

「杞羽の唇、やわらかくて食べたら甘そう」

　なんて言いながら、その親指を今度は自分の唇にあてる仕草（しぐさ）が色っぽい。

　これ以上、先輩のペースに巻き込まれたら、確実に落ちてしまいそうになる単純な自分がすごく嫌。

　からかわれているだけなのに。

　いろんな女の子にこんな甘いこと言って、甘いことしてそうなのに……。

　頭ではそれがわかっているはずなのに、心臓のバクバクは止まることを知らない。

「……食べたら怒る？」

　甘い声で、ねだるような聞き方。

「食べちゃ……ダメ、です……っ」

　まだ自分の中にきちんとした理性が残っていたことで、なんとか拒否できた。

　頭の中で危険信号が点滅してた。

　これで流されたらぜったい、いいことないって。

「……ふっ、残念だね」

　嘘つき……。全然残念そうに見えないもん。

「わ、わたし着替えてきます、から……」

　ささっと先輩から距離を取って、部屋着が入った袋を持ってダッシュで脱衣所へ。

　しばらくの間、心臓の音は落ちつかないし、体の内側が変に熱いし。

　先輩に触れられたからじゃない……。これはお風呂に入っていたから体が熱いだけ。

　……そう何度も自分に言い聞かせた。

　着替えをすませ、少し落ちついてから先輩がいるであろうリビングへ。

　早いところお風呂を借りたお礼を言って、自分の部屋に戻ろう。

　きっと、寝てしまえば今日あったことなんてすっかり忘れるだろうから。

　首をブンブン横に振って、さっきまでの出来事をぜんぶなかったことにしてリビングの扉を開けた。

「あ、あの……、お風呂ありがとうございました。こ、これで帰ります」

「ダメでしょ。髪まだ濡れてるのに」

「いや、帰ってから自分の部屋で乾かすので」

　早く帰らないと、また変にドキドキしちゃうから。

　先輩が距離を取らずにグイグイ近づいてくるのは、たまにわざとやってるんじゃないかと思っちゃう。

　わたしは近くにいるだけでドキドキしているのに。

　先輩は、なんともなさそうで平常運転。

「……んじゃ、明日も来る？」

「え？」

「故障ならすぐ直んないでしょ？」

「あっ……、もし先輩が迷惑じゃなければ」

「全然いーよ。杞羽が期待してるラブハプニング起こってないもんね」

　えっ、いや期待してないですけど!?

　というか、さっきかなり危ないことしてきたじゃん！

　明日もお風呂を借りるのは危険な気がしてきた。

「せっかくだから起こしてみる？　ハプニング」

「だ、大丈夫です、結構です……!!」

　こうしてこの日の夜は部屋に戻った。

　先輩の部屋のお風呂を借りて、3日ほどがすぎた。

　修理業者さんが来るのは、予定だと明日。

　今日はお風呂から出たあと、先輩の分の晩ごはんを作るついでに、わたしも一緒に食べることになっている。

　お風呂セットは持ってきてあるし、準備は万端。

「んじゃ、先に入るけどいーの？」

「わたしはあとで大丈夫です」

　先輩がお風呂に行ってから、ふと部屋の隅に置かれている洗濯物が入ったカゴが視界に飛び込んできた。

　先輩ってば、また洗濯物たたんでないじゃん……。

　昨日たたんでおいてくださいって言ったのに、1枚もた
たまれた形跡すらない。

　はぁ……仕方ない。

　どんどん洗濯物がたまっちゃうと、また着るものがない
とか言い出しそうだし。

　こうやってなんでもやってあげて、甘やかしちゃうのが
よくないんだろうけど。

　カゴをひっくり返して、中の洗濯物がドサッと落ちる。

　そのとき視界にバスタオルが2枚入ってきた。

　たしか、もうバスタオルがないから持っていってあげな
いと。

　急いで脱衣所へ。

　何も考えずに脱衣所の扉を開けてしまった。

「……あれ、覗き？」

「へ……？」

　はっ、しまったぁぁぁ。

　なぜ、先輩がお風呂に入ったのを確認してから中に入ら
なかった!?

　ってか、なんでまだ入ってないの!?

「杞羽にそんな趣味があったなんてね」

「ち、違います、たまたまです!!」

　先輩は、まだ上を脱いでいる途中で間一髪セーフ。

「真逆のラブハプニング起こっちゃったね。俺じゃなくて
杞羽が襲いに来たわけだ」

「んなっ、違います……っ！」

　バスタオルだけ置いて、このままここを去りたいのに。

　変なスイッチが入った先輩が、怪しげな笑みを浮かべてなぜかこっちに迫ってくる。

　しかも、なぜか脱ぎかけていた服をバサッと脱いだ。

「ひっ……。ふ、服着てください……っ！」

　困る困る、目のやり場に困りすぎる!!

　視点をどこに合わせたらいいのかわからなくてキョロキョロするけど、どこを見ても結局先輩を意識してしまう。

　体をどんどん後ろに下げて、気づいたら真後ろは壁。

　目の前には迫りくる先輩……。

　しかも上半身だけ裸だから妙にセクシーというか、色気がすごすぎるというか……！

　こんなのわたしには耐えられない……！

「……んー。だって俺、今からお風呂入るとこだし」

「じゃ、じゃあ、今すぐ入ってください！」

「えー、でも杞羽は俺の裸を見たくて来たんでしょ？」

「な、なななっ!!　そんなわけないです!!」

　ぜったいぜったい面白がってる。

　慌てて両手で自分の顔を隠すけど、その手は簡単に先輩につかまれてしまう。

「杞羽チャンはイケナイコだね」

「なっ、……うっ……」

　最近気づいた。先輩が "杞羽チャン" って呼ぶときは、だいたい危険。

　目の前にある先輩の裸を見て心臓がバクバク。

　見ちゃいけないのに、目に入ってきてしまう。

　ほどよく筋肉があって、男の人って感じの体つき。

　先輩って普段の制服姿とか見ても、そんなにしっかりした体には見えなくて。

　家ではダボッとしたスウェットばかりだし、体がひょろひょろしてるように見えて、力とかなさそうに見えたのに。

「なーに、俺の体ジーッと見て」

「へ……っ？」

「杞羽って見かけによらず変態なんだね」

「ち、ちちち違いますから!!」

　いかんいかん、つい見惚れてしまった。

　そのせいで変態扱いされてるし！

　ってか、先輩のほうが変態でしょ……!!

「じゃあ、なんでそんな見てたの？」

「い、いや……その、先輩ってあんまり力なさそうっていうか、体しっかりしてなさそうに見えたのに、意外とすごくいい体してるっていうか……」

　はっ……、何を言ってるんだ!?

　つい胸の中で思っていたことを口にしてしまった。

「それはダメだね……杞羽チャン」

　ほら、また呼んだ。

　いい加減ここから早く逃げたいのに。

「危機感なさすぎだよ、俺も男なのに」

「せ、先輩が男の人なのは知ってます」

　あぁ、もう。心臓がドキドキうるさい。

「もし俺以外の男だったら軽く手出されてるよ」

　顎のあたりに指を添えられて、そのままクイッと上げられた。

「でも残念。杞羽には欲情しない」

「よ、よくじょ……っ!?」

「だって胸小さそうだし」

　ひ、人が気にしてることをまたしても……!!

　サイテー、サイテー！

　やっぱり先輩は女の子を体でしか見てないクソ野郎だ!!

「貧乳で悪かったですね!!　先輩なんてお風呂で溺れて茹でられちゃえ、バカッ!!」

　言いたいことをぜんぶ言いきって自分の部屋に帰ってやろうと思ったけど、ごはんを作ってあげないと先輩が飢え死にしたら困る。

　ほんとは一緒に食べる予定だったけど、作ったらさっさと帰ろ。

　そう思っていたのに、作るのに案外時間がかかってしまって、しかも先輩のお風呂の時間が短すぎて。

「あれ、怒ったからもう帰ったかと思った」

　濡れた髪をタオルで軽く拭きながら、さっきの発言に反省の色をまったく見せずに登場。

「今もすごく怒ってますよ。ただ、ごはん作ってあげないと先輩が飢えちゃって死んでも困るんで」

「杞羽ってほんと優しいよね」

　すると、気づいたら先輩が背後に立っていた。

「な、なんですか」

　石けんの香り。お風呂上がり独特の濡れた髪が妙に色っぽく見えちゃう。

　まさに、水も滴（したた）るいい男ってこのことかも。

　って、今はそんなのどうだっていい……!!

「んー、別になんもないけど。杞羽のそーゆー優しいとこ好き」

　ザワザワと胸が騒（さわ）がしい。

　相手にしちゃいけない、本気にしちゃいけないのに、先輩の言葉に踊（おど）らされてばかり。

「将来お嫁さんにするなら杞羽がいい」

「っ!」

　動揺（どうよう）しすぎて、手に持っていたお皿が滑（すべ）って床（ゆか）に落ちて割れてしまった。

「わっ、ごめんなさい……!」

　いけない、すぐに掃除しないと。

　さいわい先輩のほうには破片（はへん）が飛び散っていないのでよかった。

「せ、先輩は危ないのであっちで待っててください!　ここはわたしが片づけるので」

　早く破片を拾わないと。

「うっ、いた……っ」

　ところが、慌てたせいで素手（すで）で触ってしまい破片で指を切ってしまった。

　ほんとについてない……。

　ショボンと落ち込みかけて、痛いのを我慢して片づけを続けようとしたら。

「……ほんと危なっかしいね」

「へっ？」

　そう言って、なんでかわたしの体をひょいっと持ち上げてお姫様抱っこでソファのほうへ。

「ほら、手当てしてあげるから」

　すぐに救急箱を持ってきて、おまけに手当てまでしてくれるなんて、どうしちゃったの先輩。

「え、えっと、自分でやります……！」

「いーから。黙って俺の言うこと聞いて」

　結局、先輩が折れてくれないから手当てをしてもらうことに。

「他にケガしてない？」

「だ、大丈夫……です」

　心配そうに聞いてくれた。

　さらに。

「あと、破片は俺が片づけておくから」

「えっ、そんなの悪いです。わたしが割ったのに」

「いいよ、危ないから」

　意外……って言ったら失礼かな。

　先輩って優しいところもあるんだ。

　ちょっと見直したかもしれない。

　そんなこんなで、なんとか晩ごはんを作り終えて結局２

人で食べ終えた。

　キッチンに食器を運んでいると、先輩がソファの上に座って今にも寝ちゃいそう。

　眠いのかな。だったら早く寝室に行けばいいのに。

　すると、なぜか先輩と目が合った。

　たまたま……かなと、気にせずそらしたら。

「ねー、杞羽」

「なんですか？」

　少しだけ眠たそうな声。

　再び目線を先輩のほうへ戻すと、こっちに来てと手招き（てまね）をしている。

「……？」

　とりあえず、呼ばれたのでそばに行ってみる。

　すると、なぜか手首をつかまれた。

「もっとそばにおいで……杞羽チャン」

　ほら、また出た。

　危険、もしくはからかおうとしているときのサイン。

　またしても先輩のドキドキペースにはまりそうで、自分ってほんとに学習能力がない。

　つかまれていた手首に力が込められて、そのままソファのほうへと引かれた。

　体のバランスを崩して、とっさに片膝をソファについた。

　な、なんかこれだとわたしが先輩に襲いかかろうとしてる……みたいに見えちゃう。

「イイコト思いついた」

　先輩の顔を見る限り、ぜったいイイコトじゃなくない？

　あきらかに何か企んでいるようにしか見えないけど。

　そして案の定、とんでもない爆弾を落としてきた。

「胸が大きくなる方法、教えてあげよーと思って」

　は……？　え……？

　耳を疑うようなデリカシーない発言。

　しかも、まったく悪びれた様子なし。

「え、えっと……それはどういう……」

「マッサージすれば大きくなる。俺がやってあげる」

　ありえない、論外。

　何を言ってるの、この人。

　イケメンじゃなかったら通報されてるよ。

　いや、イケメンでも通報されそうなレベル。

「さっき杞羽を怒らせたお詫びとして、責任取るから」

「は、はぁ!?　いや、なに言ってるんですか、正気ですか、頭どっかにぶつけたんじゃないんですか!?」

　浴槽の角で頭ぶつけたレベルでヤバいこと言ってるって自覚してないの!?

　さっきの優しかった先輩は、どこ!?

「ううん、正常。ほらおいで」

　責任取ってとか取ってもらう筋合いないし!!

　しかもその発言、フツーに下心丸見えってとらえられても仕方ないと思うけど!!

　ってか、手伸ばして触れてこようとしてるし!!

　どうせ、わたし相手に下心とかないんだろうけど！

　単純にからかってるだけだろうし！

「杞羽は俺に触れられるの嫌なの？」

「い、嫌です」

「なんで？」

「体に触れていいのは、彼氏だけとかじゃないんですか」

　いろんな女の子を知っていそうな先輩からしたら、こんな考えは幼稚すぎる？

「んじゃ、俺が杞羽の彼氏になる」

「イミワカリマセン」

　もう先輩ってほんとよくわかんない。

　他人に興味ないくせに、なんでこんなふうにわたしにかまってからかってくるの？

「ってか、杞羽は彼氏いないの？」

「い、いませんよ。先輩と違ってモテないですから」

「じゃあ、俺が立候補してもいーんだ？」

　どうせここで過剰に反応したら、『なーんて。ジョーダンなのに本気にした？』とか言われるオチだもん。

「り、立候補は受けつけてません」

　わたしごときがイケメンにこんなこと言って何様だよって感じだけど、今はこれしか思いつかない。

「ふーん。じゃあ、しばらく杞羽は俺のものってことね」

「んえ？」

　え、なんでそうなるの!?

「杞羽のそばにいる男は俺しかいないってことでしょ？」

「いや……、まあ、そうなりますけど」

　彼氏候補的なのはいないし。

　そもそも男の子と関わることなんて滅多にない。

　まあ……例外は１人いたりするんだけど。

「だったら俺が杞羽のこと独占できるね」

「っ……」

　先輩の言葉はずるい。

　女の子がキュンとするセリフを熟知してるみたいだし、それを自然と使ってくるから。

「せ、先輩こそ……、彼女いないんですか？」

　今まであんまり触れてこなかった話題。

　でも聞くなら今かもって。

「彼女なんていないよ。ってか、基本的に付き合うとかメンドーだし、興味ないし」

　なんだ、噂どおり彼女いないんだ。

　心のどこかで少しホッとした。

　どうしてホッとしたのか──今のわたしにはわかるわけない。

Chapter 2

幼なじみはとても厄介

　休日の出来事。

　お風呂も直ったし、ようやく1人暮らしも慣れてきて、平穏な日常が続いていたのにまたもや事件発生。

　まだ朝方で、ベッドでスヤスヤ寝ていると部屋のインターホンが鳴った。

「ん……」

　スマホで時間を確認したら、まだ朝の7時半。

　こんな時間にいったい誰？

　寝起きのせいでボーッとする意識の中、無用心にも誰か確認せずに扉を開けてしまった。

「おせーよ、出てくるの」

　目の前にいる人物を見て思考が数秒停止。

　そして、すぐにハッとして玄関の扉を閉めようとしたけど、時すでに遅し。

「おいおい、なんで閉めようとすんだよ」

「な、なんで千里がここに!?」

「お前の様子を見に来てやったんだよ。とりあえず中に入れろ」

「えっ、ちょっ!!　勝手に入らないでよ!!」

　おかまいなしに部屋にズンズン入ってきたのは──わたしの幼なじみで同い年の木野千里。

　幼稚園から中学までずっと一緒の、いわゆる腐れ縁って

やつで家まで隣同士。

千里は昔から無駄に過保護で心配性。

わたしが今の高校を受験して1人暮らしをするのも大反対したくらい。

たぶん両親より反対していた。

小さい頃なんて常に千里がつきまとってくるから、まわりからは番犬なんて言われていたくらい。

とっても強引な性格だけど、いざとなったらわたしを守ってくれる頼もしい一面もあったり。

一度も染められたことがない真っ黒の短髪。

爽やかで清潔感があって、好青年にしか見えない。

春瀬先輩に負けないくらいの、イケメンの部類に入ると思う。

小学生のときなんて、毎年バレンタインにはたくさんチョコをもらっていたし。

中学生になってからは背も伸びて、さらにかっこよくなって。告白はしょっちゅうされていたし。

そして、告白を断るときの決まり文句が『幼なじみが大事で放っておけないから』で。

そのせいで、千里を好きな子たちからは妬まれることもあったり。

そのときも千里が守ってくれたんだっけ。

おまけに、小学生の頃からバスケをやっていて背は高めで、たぶん170後半はあるんじゃないかな。

たしか高校でもバスケを続けているんだとか。

　お母さんから聞いた話だと、千里の"わたし限定"の過
保護っぷりは今でも変わらずらしく。

　何度か心配してマンションまで来ていたらしい。

　たぶん、来たときたまたま部屋にいなくてタイミングが
悪かったんだろうけど。

　ってか、最近は自分の部屋にいるより先輩の部屋にいる
ほうが多かったりするし。

「へー、部屋とか結構キレイにしてんだな」

「もうっ、勝手に入らないで!!　しかもジロジロ見ないで
よ!」

「別に見てねーよ。ただ心配してんだよ。杞羽が１人で生
活してるとか危ねーし、変なやつとかに狙（ねら）われたらどーす
んの？」

「いや、そんな狙われてないし」

「まわりに変な男とかいないわけ？」

「変な男……」

　若干、該当者（がいとうしゃ）が１名いるけど……。

　まあ、あれは変な男というより自由な変人……みたいな。

「何その間。まさか男いんの？」

「いや、男というか……息子が１人増えたような」

「は？　息子？」

「あっ、なんでもない!!　今のは忘れて！」

　いかんいかん。先輩のことを言ったら、千里はもっと口
うるさくなりそうだもん。

　昔から、わたしが男の子と絡むとすぐ噛（か）みついて怒って

くるから。

　これでもし、ほぼ毎日先輩の部屋に行ってお世話をしているなんて言ったら、強制的に実家に戻されちゃいそう。

「お、お前まさか、俺の知らない間に子ども産んだのか!?」

「な、なに言ってるの!?　なんでそうなるの!?」

「いや、だって息子とか言ったじゃねーか!」

「だからそれは違うって!」

　千里は頭いいのに、たまに物事のとらえ方がおかしいときがあって、こうやって変なこと言ってくるから。

　そもそも根本的に考えてありえないのに、なんでそれを真に受けちゃうかな。

　そういうところ天然っていうか純粋っていうか。

「やっぱ1人暮らしとか俺は反対。つか、高校だって実家から通えない距離じゃないだろ?」

「でも遠いし、時間かかるし」

「俺が送り迎えしてやるよ」

　そういう問題じゃなくて!

「大丈夫だもん。ってか、実家に戻るつもりないし!」

　なんか戻るのを前提に話を進められちゃってるけど。

「はぁ?　ワガママ言ってないで戻ってこいよ」

「やだやだ無理!!」

「なんでそんなここにいたがるんだよ。つーか、1人でいたら危ないってさっきから言ってんだろ?」

「あ、危なくない、大丈夫だもん。わたしにだって、守ってくれる男の人くらい1人はいるんだから……!」

　説得するのに必死で、思わずいい加減なことを言ってしまった。

　まさかそんなわけないだろって顔をして、目を見開いてこっちを見てくる千里。

　かなり驚いた……というか、ショックを受けているようにも見える。

「は……っ、何それ。まさか彼氏できたわけ？」

　とっさについた嘘とはいえ、案外効果があるのかもしれない。

「そ、そうだよ。わたしにだって彼氏の１人や２人いるんだから!!」

「いや、２人いたら二股だろうが」

　そんな細かいところ突っ込まなくていいし!!

「と、とにかく!!　何かあったら彼氏が来てくれるから大丈夫なの。だから、千里は安心して家に帰って——」

「いや、安心できねー。なら今すぐその"彼氏"ここに連れてこいよ」

「は、はぁ!?　そんな無茶なこと言わないで！」

「なら、俺はずっとここにいるし、なんなら実家のほうに連れて帰るから」

　な、何それ。強引にもほどがあるんじゃ？

　それに、彼氏がいるなんて嘘だし。

　でも、もしかしたら彼氏らしき人がいれば千里は諦めて帰ってくれるかもしれない。

　けど、残念ながらわたしには男の人の影はまったくない

に等しい──いや、ちょっと待てよ。

　ポンッと思い浮かんだイケメンの顔。

　こうなったら、利用できるところはとことん利用させて
もらおう。

「わ、わかった。彼氏をちゃんと連れてきたら千里は納得
してくれるの？」

「ああ。ちゃんとしたホンモノの彼氏がいるならな？」

　ぬぅぅぅ。ぜったい彼氏がいるっていうの嘘だと思って
いるに違いない。

　顔が言ってるもん。連れてこれるもんなら連れてこい
よって。

　それならこっちだって策はあるんだから。

「じゃあ、ちょっと待ってて。今すぐ連れてくるから」

　こうしてわたしは部屋を飛び出した。

　向かった先は、もちろん──。

「せんぱい……！　春瀬先輩!!　起きてください！」

　朝、いつも起こしに行くように合鍵を使って部屋の中へ。

「……ん、何。今日ガッコー休みなんだけど」

「緊急事態なんです、起きてください、助けてください!!」

　布団を引っ張って、まだ眠っている先輩の頬を軽くペチ
ペチ叩く。

「……なーに、そんな慌てて」

「と、とにかく今からわたしの彼氏になってください！」

「……杞羽の彼氏？」

「そうです、今だけでいいんで！」

「彼氏なら襲っていーの？」

「そ、それはまた別問題で!!　とにかくお願いですから言うこと聞いてください、なんでもしますから!!」

「……ふーん。ほんとになんでもする？」

「しますします!!」

「……言ったね。んじゃ、いーよ」

「それじゃ、今すぐわたしの部屋に来てください！」

　寝起きの先輩をベッドから引きずり出して、そのままわたしの部屋へ。

　部屋に入る前に先輩にある程度、事情を説明しておかないと。

「い、いいですか！　今わたしの幼なじみがリビングにいるので、何を聞かれてもわたしの彼氏って答えてください！」

「幼なじみがいるなんて初耳だね」

「いちおういます……。口うるさくて過保護な幼なじみですけど」

「へぇ……。それって男？」

「男の子です、同い年の」

「……ふーん」

　なんだかすっごく冷めたような、興味ないみたいな相槌が返ってきた。

　先輩のほうから聞いてきたくせに。

　まあ、寝起きで機嫌悪いからと言われたらそうかもしれ

ないけど。

　そして、千里が待つリビングへ。
「お、お待たせ。ちゃんと彼氏連れてきたよ」
　イスに座って呑気にお茶を飲んでいた千里がこっちを見
るなり、ギョッとした顔を見せた。
　かなりびっくりしているみたいで、衝撃（しょうげき）を受けているっ
ぽい。
「は……？　えっ、マジかよ。ホンモノかよそれ」
「ホンモノだって。正真正銘（しょうしんしょうめい）、わたしの彼氏だもん」
「え、そいつ人間かよ。ユーレイとかじゃねーの？」
「んなっ、失礼すぎ！　ちゃんとした人だもん。足だって
しっかり地面についてるでしょ？」
　先輩の体をペタペタ触って、ちゃんと証明してみる。
「ユーレイじゃないとしたら、今そのへん歩いてた男を捕
まえてきたとかじゃねーのか？」
「な、なんでそうなるの！　ってか、見知らぬ人を連れて
くるほどバカじゃないもん」
　いまだに疑いの目が向けられている。
「いや、つーかよく考えてみたら連れてくるの早すぎね？
しかも、コイツがっつり寝起きじゃねーかよ」
「だ、だって隣に住んでるもん」
「はぁ!?　と、隣ってお前の部屋の隣にコイツが住んでるっ
てことかよ!?」
「そ、そうだよ。同じ学校の先輩で、最近付き合い始めたの」

　わざとらしく先輩の腕にギュッと抱きついてみる。

　すると千里は、ありえないって顔をしてそのまま頭を抱えてしまった。

「嘘だろ、信じられねー……」

　まさかほんとに彼氏を連れてくるとは思っていなかったのか、かなり落ち込んでいる様子。

「……ねー、杞羽。コイツが幼なじみ？」

「あっ、そうです。幼なじみの木野千里です」

「へー、木野クンね」

　一瞬、フッと笑ったような気がして、そのままわたしの肩を自然と抱き寄せてきた。

「なっ!!　杞羽に気安く触んなよ！　つかお前、ほんとに杞羽の彼氏なのかよ！」

　いちおう彼氏のフリをしてくださいとは頼んだけど、ちゃんとやってくれるか心配になってきた。

　ど、どうかこの場の空気を読んで彼氏だと言って……!!

「そーだよ。俺が杞羽の彼氏だけど何か？」

　き、きたぁぁぁ……!!

　先輩ナイス、ナイスファインプレー……!!

　千里は面食らったような顔をして固まった。

　かと思えば。

「それなら俺より杞羽のことよく知ってるよな？」

「……まあ、それなりに知ってるつもりだけど」

　えぇ、そんな挑発に乗らなくていいのに……!!

　ってか、わたしのことぜったいそんな興味ないし、知ら

ないでしょ!!

「んじゃ、杞羽の好きなところは?」

　い、いきなり難易度高めなところを攻めてきた。

　先輩なんて答えるの……!?

「面倒見いいとこ、料理美味しいとこ、朝起こしに来てくれるとこ、掃除洗濯してくれるとこ」

「いや、オカンかよ」

　ほんとそれ。どこが好きとか、可愛いとかの問題じゃないやつ。

　まさかの想像もしていなかった斜め上の回答。

「すげー怪しいな。ほんとに杞羽の彼氏なのかよ」

　余計に疑われてるし。

　なのに、先輩はさらなる爆弾を落としてくる。

「だから彼氏だって。なんなら杞羽の胸のサイズ知ってるし、体触ったら可愛い反応するのも知ってる」

　こ、この人はもっとマシなことが言えないの……!?

　もっとこう、お世辞でもいいから可愛いところとか、なんでもいいから答えてくれたらいいのに、なぜそっち路線の話に持っていこうとする!?

「はっ……、お、お前らまさか……」

　あれ、かなり動揺してるし本気にしてるっぽい。

　案外効果あり?

　かなり無茶苦茶だけど。

「そのまさか。杞羽の体のことなら俺のほーがキミより知ってるよ?」

「なっ、し、信じられねぇ……」

「ふーん。なんなら、今ここでキスの1つでも見せてあげよーか?」

えっ、ちょっ!! そんなパフォーマンス的なのいらないから!!

なんて思っている間に、先輩の顔が近づいてくる。

「ちょ、ちょっ、本気でするんですか!?」

千里に聞こえないようにボソボソと聞いてみたら。

「これくらいしないと信じてもらえないんじゃない?」

「いやいや、でも……っ」

近づいてくる顔を両手で必死に押し返す。

「それに……杞羽の唇、食べてみたいし」

親指で形をたしかめるように唇をなぞってくる。

この動作にすら心臓がうるさくて、おまけに体中の血液が顔に集中してるみたいに、どんどん熱くなって赤くなっていく。

「な……っ、ぅ……」

どうしたらいいのかわかんなくなって、目をつぶった直後だった。

「だぁぁ!! もうわかったわかった!! 今の杞羽の反応見てわかったから充分だ!」

千里が慌てて制止の声を上げた。

な、なんで千里が赤くなってるの。

「ただ、俺はお前を杞羽の彼氏とは認めないからな!!」

えぇ。結局ダメだったの、納得してくれないの?

　あなたはわたしのお父さんですかって感じじゃん。

「み、認めてもらえなくても、わたしは春瀬先輩が好きなんだから……!!」

　フツーに告白しちゃったみたいになってるけど、今のは勢いと流れ的な……ね?

「ぜったい認めねーから。杞羽のこといちばんそばで見てきて、理解してるのは俺だし。そんないきなり出てきたわけのわかんねー変態に杞羽を渡せるかよ」

「木野クン。変態って失礼じゃない?」

「う、うるせー! お前どうせ体目当てとかで付き合ってんだろ!?」

　か、体目当てって……。

　残念ながら先輩の理想とかけ離れた体型だから、そんなこと言われてもわたしが恥ずかしいだけなんだけど!!

「体目当て……って言えるほど好みではないけど」

　ほらぁぁ……。遠回しに貧相な体には興味ないよって言われたようなもんじゃん。

　地味にグサッときたし、どうしてくれるの。

　先輩がわたしに興味ないのは百も承知だけど、さすがに落ち込んだ。

　でもね。

「……まあ、嫌いじゃないけど」

　ほら、ずるい。

　思いっきり下げてきたと思ったら、うまい具合に少し上げてくるから。

「はぁ……なんかわけわかんねー、お前ら2人。付き合ってるにしては甘い感じの雰囲気ねーし。でも杞羽のバカ正直なリアクションからホントっぽさもあるし」

　わ、わたしそんなわかりやすい反応してるのかな。

「とにかく今日のところはこれで帰るけど。俺はまだお前がこっちのほうに帰ってくるの諦めねーからな!!」

　なんてセリフを残して、嵐のように去っていった。

少し危険な独占欲

　そして残されたのはわたしと先輩だけ。

　謎の沈黙が数秒流れた直後。

　急に大きな体に包み込まれた。

　ふわっと鼻をかすめる甘くて落ちつく匂い。

　え……？　な、なんで抱きしめられてるの？

　突然起こったことに少しパニック。

　ただ、先輩のことだから理由もなく抱きついてきてるだけかもしれない。

「え、えっと……春瀬、先輩……？」

　名前を呼んだら、もっと力が強くなった。

「……なんだろ、無性に抱きしめたくなった」

　そんなこと好きでもない子に言っちゃいけない。

　変に期待度を上げられて、どうせ最後に落とされるのに。

「俺の杞羽なのに、なんか取られた気分」

　少し拗ねた声。独占欲……的な。

　それをほのめかすような言い方はずるくない……？

「……さっき言ったよね。俺の言うことなんでも聞くって」

　耳元で聞こえる低くて甘い声は危険なもの。

　逃げられないような囁き。

　だから、腕の中でゆっくり首を縦に振る。

　すると。

「……じゃあ、杞羽の体少し貸して」

「……へ？　か、貸すって……」

「……だいじょーぶ。俺がすることに素直に反応してくれたらそれでいーから」

　そのまま体が地面からふわりと浮いた。

　抱っこされて、びっくりしたし今から何が起こるのかさっぱりわからない。

「え、えっと……」

「ベッドどこ？」

「へ……っ？　な、なんでベッド……」

「いーから教えて」

　頭の中はハテナマークばかりで、とりあえず教えてと言われたので寝室の場所を教えたら連れていかれた。

　そして、ベッドの上におろされた。

「……今から抵抗するの禁止ね」

「え……きゃっ……」

　いきなり肩をグッと押されて、やわらかいベッドの上に体が沈んだ。

　同時に真上に覆いかぶさってくる先輩。

「あ、あの……っ、こ、これは……」

「ベッドのほうが体の負担も少ないでしょ」

　とっても意味深すぎる。

　こ、これからいったい何されるの？

「ふ、負担って……」

「……イタイコトはしないから」

　な、なんだろう。

　先輩の瞳がとても危険に見える。

「……ただ、甘いことだけ……ね」

　危険すぎる声が鼓膜を揺さぶり、頬に軽くやわらかい感触が伝わった。

　今度は唇の横スレスレにわざとらしくリップ音を立ててキス。

　抵抗しても、先輩の片腕がわたしの背中のほうに回っているから身動きが取れない。

　グッと引き寄せてくるせいで体が密着してる。

　少し腰を浮かせて体を動かしたら。

「……動いてい一の？　唇に触れちゃうよ？」

「っ、そんな、こと……」

　近い、近い、近すぎる。

　先輩がこんなふうに暴走するのは珍しくないけれど、今はおふざけという感じがない。

「……それとも気持ちい一から体が反応してるとか？」

「っ、ち、ちが……っ」

「今は否定してればいーよ。そのうち体から力が抜けて、もっと可愛い反応してくれるだろうから」

　もう頭の中はパンク寸前。

　嫌なら嫌だって、はっきり言って逃げ出せばいいのに。

　逃げ出すって選択肢が頭の中にないのはどうして？

「……杞羽の体に甘いことしてあげる」

　首筋に唇を這わせて、舌でツーッと舐めて。

　甘すぎるくらいの刺激に耐えられなくて、ベッドのシー

ツをギュッと握った。

　体がゾワッとして、変な感じになる。

　勝手に腰のあたりがビクッとして。

「……んっ、や……っぁ」

　くすぐったくて身をよじっても、与えられる刺激が強くなるだけ。

「……もっと、杞羽の可愛いとこ見せて」

　まるで、甘い毒針みたいな……。
　　　　　　どくばり

　先輩が言っていたとおり、体がグダッとなって力がうまく入らない。

「せ、せんぱい……っ、と、止まって……」

　これ以上はぜったい危険。

「……んじゃ、今から質問することに正直に答えて」

　首筋への刺激はやめてくれたけど、上に覆いかぶさるのは変わらない。

「……さっきの木野クン。杞羽はどう思ってんの？」

「ど、どうって……」

　ただの幼なじみ——それ以上でもそれ以下でもない。

「ホントにただの幼なじみ？」

「も、もちろんです」

　千里はかっこいいと思うけど、男の子としての好きとは違う。

　どちらかといえば、家族に対する好きと同じもの。

「でも、木野クンは杞羽のことただの幼なじみとして見てないよね」

　ちょっと怒ってる。

　いつも口調とかそんなに強くないのに、今は少し強い。

「千里は過保護で、わたしのこと幼なじみとして大事にしてくれているだけで。恋愛感情なんて持ってな──」

「……杞羽のそーゆー鈍感なとこムカつく」

　いつも崩れない表情が、不機嫌そうにあっけなく崩れた。

　同時に、また首筋に顔を埋めてチクッと痛かった。

「お、怒ってるんですか？」

「別に怒ってない」

　嘘つき。あからさまに機嫌悪そうなのに。

　先輩は普段あんまり表情からは感情を読み取らせてくれないけれど、機嫌が悪いときはとてもわかりやすい。

「す、拗ねないでください」

「拗ねてない。ってか、杞羽のせいだし」

「わ、わたしのせいって……？」

「木野クンみたいな男が杞羽のそばにいたなんて俺知らなかったんだけど」

　別に……わたしが男の子と仲良くしていても先輩にはカンケーないじゃん。

「先輩だって、わたしじゃなくても……いろんな女の子に手出してそうなのに」

「俺は興味ある子にしか手出さない主義なんだけど」

　何それ何それ。

　またそうやって振り回すようなこと簡単に言うから。

「……ってか、杞羽くらいだよ。興味あんの」

「っ……」

　その興味が、ただ単にからかって遊ぶにはちょうどいいくらいに思っているのか。

　それとも——。

「あとさ、なんで木野クンのことは千里って呼んでんのに俺は先輩なの？」

「え……、だって先輩は先輩で……」

　千里は小さい頃からずっとこの呼び方だから慣れちゃってるみたいなところあるし。

「ってか、俺の名前ちゃんと知ってる？」

「し、知ってますよ。春瀬……暁生、先輩です」

　初めて下の名前を呼んだ気がする。

「知ってるなら先輩呼びやめてよ」

「でも、先輩以外なんて呼べば……」

「暁生」

「あ、き……？」

　先輩の言葉を復唱（ふくしょう）するように口にしてみたけど、なんだろう、すごく恥ずかしい。

　体がムズムズするっていうか。

「これからそーやって呼んでよ」

「えっ……!?」

「杞羽に下の名前で呼ばれるの悪くない」

「っ、い、いきなり呼び捨てなんてできないです」

　いちおう先輩だし、いまだに敬語使ってるし。

「……木野クンは呼べるのに俺は呼べないの？」

「それは、幼なじみだからで。慣れもあるから……です」

「んじゃ、俺のこと呼ぶのも慣れて」

　甘いねだり方。

　きっと、先輩にこんなねだり方をされて、言うことを聞かない子はいないと思う。

「で、でも……っ」

「呼ばないなら杷羽の体でもっと遊ぶけど」

　言葉どおり容赦なく体に触れてくるし、また頬とか首筋にキスしてくるし。

「……なんなら襲っちゃうよ」

「ダ、ダメ……です」

「ダメなら何すればいーかわかるよね、杷羽チャン」

「ぅ……」

「早く呼ばないと、その可愛い唇塞いじゃうけど」

　先輩のキレイな指先が唇をそっとなぞってくる。

　だんだんと距離が近づいて、ゼロになる寸前——。

「……あ、あき、……せんぱい……っ」

　ほんとにギリギリ。

　先輩の顔がドアップで映る。

　ちゃんと呼んだらピタッと止まってくれた。

「もっかい」

「あ、暁生……先輩」

「先輩はいらないけど」

「な、ないとダメです」

　呼び捨てなんてできないし、くんづけで呼ぶのも違和感

あるし。

「これからそーやって呼べる？」

「よ、呼びます」

「やけに聞き分けがいーね」

「呼ばないと食べられちゃいそう……なので」

「ふっ……よくわかってんじゃん。賢いね」

　自分の思いどおりにいったから、とても満足そう。

「素直な子は嫌いじゃないよ」

　ずるい言い方。

　嫌いじゃないけど好きとは言わない。

　別に……好きって言ってほしいわけじゃない──けど。

　そして迎えた休み明けの月曜日。

　いつもどおり先輩を起こしに行き、一緒に登校するのは変わらず。

　モテモテだけど、わたし以外の女の子にはそっけないのも変わらず。

　ただ変わったのは、わたしが"暁生先輩"って呼ぶようになったこと。

　まだ全然慣れないけど、暁生先輩って呼ぶとちょっとうれしそうな顔をするし機嫌もよさそう。

　登校してから、沙耶にそのことを話してみると。

「え、何それ。あんたたち付き合ってんの？」

「付き合ってないよ!?」

「いや、どう聞いてもカップルのやり取りかと思いますけ

ど？」

　やれやれと呆（あき）れた様子の沙耶。

　違うって否定してるのに。

「もう同棲（どうせい）始めたら？」

「いやいや……」

「ってか、もう同棲してるようなもんか」

　そんなずっと一緒にいるわけじゃないし、お世話をしているだけなのに。

「それよりもさー、杞羽ソレ気づいてるの？」

「ソレ……といいますと？」

　何やら首元を指さしている。

　え、何かあるのかな。

「まさか気づいてないと？」

「……？」

　いま自分で確認しようにも、首元は自分じゃ見られないし、鏡か何かないと。

「わざと目立つようにつけられてるよ」

　目立つ？　つけられてる？

「ったく、アンタ最近、春瀬先輩と何やったのよ」

「え？」

「まさか、付き合ってないのに体の関係持ったとかじゃないでしょーね？」

「へ……っ!?　な、なんでそうなるの!?」

「え、何そのリアクション。まさか……」

「いやいや!!　何もないけど!!」

　全力で否定するために首を横にブンブン振って、ついでに手も振って何もないってアピール。

「だったら、なんでそんな痕つけられてんのよ」

　沙耶がため息をついてカバンの中からあるものを取り出して渡してきた。

「それで首元たしかめてみなよ。キレイな紅色がくっきり見えるだろうから」

　な、なんで鏡？

　しかも、首元って別に何も……。

「あれ……なんでこんな紅いんだろう」

　首筋に紅い痕のようなものが２つくらい見える。

　まったく気にしていなかったし、気づきもしなかったけど、きちんと意識して見たら結構目立つ。

「春瀬先輩に何かされた記憶ない？」

「あ……、ある……」

　ちょうど２日前の土曜日。

　千里が帰ったあと、ベッドで何度か首筋に何かされたような……。

「ということはソレ、春瀬先輩の仕業ってわかるでしょ」

「え、えっと、これって……」

「他の男に取られたくないって意味でつけたキスマークだろうね」

　キス、マーク？

　なんだなんだ、聞き慣れない単語。

「えっ……はっ、えっ!?」

「春瀬先輩って意外と独占欲強いのかね」

「何をそんな独占したいんだろう……」

「決まってるでしょ。杞羽を取られたくないからそんなことするんじゃん」

　と、取られたくないって。

　あれかな、自分のお世話係がいなくなっちゃうのが単純に嫌だとか。

「息子がお母さんを取られたくない……的な？」

「はぁ？　杞羽ってたまに的外れなこと言うよね」

　だってだって、あの暁生先輩だよ？

　何を考えているかさっぱりだし。

「たぶんだけど春瀬先輩、もしかしたら杞羽に気があるんじゃない？　あれだけモテるのに、女の子に一切興味ない人がこんなことしてきてるんだからさー」

　と言いながら、ポーチの中から絆創膏を出して渡してくれた。

「とりあえず目立つから、それ貼っておくことだね」

「う、うん」

　どうしてこんなことをしたのか。

　暁生先輩に聞こうか迷ったけど、結局聞けなかった。

大胆なのは熱のせい

　４月から早くも２ヶ月がすぎた６月中旬のある日。

「うっ……ごほっ……」

　いつもどおりの時間に目を覚ましたら喉が異常なくらい痛かった。

　ここ２、３日、なんとなく喉が痛いなぁとは思っていたけど、あまり気にせず放置したのがいけなかったみたい。

　おまけに最近、お風呂から上がって髪を乾かすのが面倒で自然乾燥にしてしまったのもあって。

「……38度かぁ」

　体温計で熱を測ってみたら、表示された体温は予想していたよりかなり高かった。

　やってしまった、風邪をひいた。

　熱が高いときの独特の体の痛さとだるさ。

　起きているだけでもかなり億劫。

　フラフラの足取りでベッドに戻り、力なく倒れる。

　はぁ……１人暮らしで風邪なんてついてない。

　実家にいれば、お母さんが看病してくれるけど、１人だとこういうときかなり困る。

　そばに誰か頼れる人がいれば……。

　一瞬、暁生先輩が頭の中をよぎったけど、頼りにはできそうにない。

　普段から自分の身の回りのこともまともにやらない人

が、まさかわたしのことを助けてくれるわけない。

「うぅ……先輩のこと起こしに行かなきゃ……」

　だるいなんて言ってられない。

　先輩が自力で起きられるわけないので、いつもどおり起こしてあげないと。

　でも、体が思った以上にとてもだるい。

　仕方ない……。ダメ元で電話してみよう。

　ベッドの枕元に置いたスマホを手に取り、少し前に教えてもらった先輩の連絡先に電話をかけてみる。

　だけど、何コール鳴らしても出る気配なし。

　くっ……これは完全に寝てるな。

　電話がダメなら、やっぱり直接部屋に行くしかない。

　頭がポワーッてなって、足元フラフラ。

　なんとか自分の部屋を出て先輩の部屋へ。

　うぅ……クラクラする。今きっと熱がピークに上がっているから、もうこのまま倒れそう。

　わたしがこんな状態だっていうのに、朝が弱い先輩はスヤスヤベッドで眠っている。

「せん……ぱい、起きて……ください」

　なんとかベッドのそばまでたどりついたけど、そろそろ体力の限界。

　目の前にあるベッドに飛び込みたい。

　……そう思った途端、ひどいめまいに襲われて先輩が眠るベッドに倒れてしまった。

　全体重が先輩の上に乗っかっているけど、だるすぎてど

くこともできない。

「……ん、何。おも……」

「ぅ……せんぱい……起きて……」

　どうやらわたしの重さで目が覚めたみたい。

「……どーしたの杞羽」

「だるい……です」

　ほんの少しだけ心配そうに名前を呼んでくれたような。

　熱でボケてるからそう聞こえただけ……かな。

　先輩がベッドから体を起こして、優しくわたしの頬とおでこを触った。

「……うわ、あつ。もしかして熱あるの？」

「あり、ます……」

「寝てなきゃダメじゃん」

「だって……暁生先輩のこと起こしてあげないとって……。電話しても出ないし、だから……」

　ダメだ、喋るのもだるい。

　喉もさっきよりもっと痛いし、呼吸が浅くなってる。

「あー……わかったわかった。無理に喋んなくていいから」

「ぅ……ごほっ……」

「わざわざ俺のために来てくれたってことね。ごめんね、無理させて」

　珍しい……。先輩が謝ってる。

　あれかな、わたしが弱っているからいつもみたいな調子になれないのかな。

「とりあえず部屋まで運んであげるから」

　ひょいっとわたしの体を抱き上げて、普段の先輩からは想像できないくらい力があった。

　自分の部屋のベッドまで運んでもらって、おろされた。

　ベッドのやわらかさは心地いいはずなのに、なんでか先輩に抱っこされてるほうが心地よかった……なんておかしいのかな。

　先輩の体温から急にベッドの冷たいシーツの上に乗せられてちょっとさびしい。

　……なんか、風邪のときって人に甘えたくなる。

　だるくて今にも意識が飛びそうなのに、手が自然と先輩のほうに伸びていた。

「なーに、この手」

　今わたしが頼れるのは……先輩しかいないの。

　こんなときくらい甘やかしてほしい。

「そばに……いてくれない、ですか……？」

　自分でもびっくりするくらい、か細くて甘えた声。

「……そばにいてほしいの？」

「先輩しかいない……から」

　なかなか大胆なことを言っているから、そこは素直に聞いてくれたらいいのに。

「……俺がそばにいたところでなんもできないけど」

　そんなイジワルなこと言って、突き放さなくてもいいのに……。

「そこは、イケメンなら俺が看病するよって言うところです……」

「俺は看病されたい側」

　わたしが熱でこんなに苦しい状況だっていうのに……!!

　いつもお世話をしてあげてるんだから、今日くらいは恩返しって気持ちはないの?

「でも杞羽のことは心配してる。大丈夫?」

「え……」

　優しい言葉をかけてくれた。

　びっくりなことに優しく頭まで撫でてくれて。

「同時に俺の晩ごはんのことも心配してる」

　ガクッ……!!　いや、それ9割くらい晩ごはんの心配しかしてないじゃん!!

　期待したわたしがバカだった、先輩はこういう人なんだ。

　さっきまで、そばにいてほしいとか体温が恋しいみたいに思っていた自分がバカみたい。

「もういいです、1人でなんとかします。先輩なんて頼りたくもないです、帰ってください……」

　拗ねるように布団を頭からかぶって、先輩がいるほうに背中を向けて目を閉じた。

　すると、一気に睡魔に襲われて……そのまま意識を手放した――。

　次に目を覚ましたとき、そばに先輩はいなかった。

　そりゃそっか……。今日は学校もあるし、今朝あれだけ強く言っちゃったから、そばにいてくれるわけないよね。

　スマホで時間を確認したら、もうお昼前。

　熱を下げるために冷やすものを何も体に充てていないの
に、なんだか朝より熱が少し下がったような気がする。

　気のせい……かな。

　とりあえず喉が渇いたので部屋を出たら、またしてもグ
ラッとめまいに襲われ、体が床に倒れそうになる寸前——。

「……っと、あぶな」

　なんでか扉を開けたら目の前に——いるはずのない暁生
先輩がいた。

「え……っ。か、帰ったんじゃ……」

「さすがに弱った杞羽を置いていけないからね。俺もそこ
まで薄情じゃないよ」

　だとしたら、わたしが寝ている間も、ここにいてくれたっ
てこと？

　先輩の片手を見たら、濡れたタオルを持っていた。

「これ。熱下げるためにおでこに乗せてたけど効果あっ
た？」

　どうやら、今タオルを取り替えるために部屋を出ていた
みたい。

　だから、熱が少し下がったような感じがしたんだ。

「あ、朝よりはラクになりました」

「それならよかった」

　てっきり先輩のことだから帰ったと思ったのに。

　まさか看病してくれていたなんて。

「あの……ずっと、その……そばにいてくれたんですか？」

「そりゃーね。可愛い甘えん坊な杞羽チャンを放っておけ

ないから」

「べ、別に甘えん坊ってわけじゃ」

「とか言って寝てる間、俺の手離さなかったくせに」

「へ……っ？」

「なんかうなされてたから、頭撫でてあげたらそのまま手つかんできて離さなかったし」

　う、嘘。まさか寝ている間にそんなことしていたなんて。

「ご、ごめんなさい……」

「いーよ。杞羽に手握られるのも悪くないし」

　とか言うけど、わたしだけじゃなくて過去に他の女の子の手も握ってきたくせに……なんて思うのはひねくれてるのかな。

　わたしなんて先輩が相手にしてきた女の子の中で、ほんのごく一部にしかすぎないのに。

　やだな……って思った。

　先輩に触れるのは、わたしだけでいいのに──なんて。

　前まではこんなこと思わなかったのに。

　な、なんかこれだとわたしが先輩のこと好き……みたいじゃん。

　そ、そんなわけないそんなわけない……!!

　首をブンブン横に振って、何度も自分にそれは気のせいだって言い聞かせる。

　けど、首を振りすぎたせいでクラッときた。

「……何してんの。ってか、まだ熱下がってないんだから起きちゃダメじゃん」

　先輩の腕が背中に回ってきて、そのまま持ち上げられてベッドに戻された。

「あの先輩、学校は……？」

「あー、休んだ」

「わ、わたしのため……ですか？」

　ちょっと自惚れたかもしれない。

「……さあ。どーでしょう」

　答えてくれない、ずるい。

　きっと、わたしが求めている答えをわかっているうえで、こうやって誤魔化してくるんだから。

「ただ……サボりたかった、だけ……ですか？」

「……」

　ほら、今度は黙るから。

　表情が崩れてくれたらいいのに、いつもと変わらない。

　なんだか聞いてるこっちが必死になりすぎているような気がして、少しだけ惨めに感じた。

　だから、拗ねるみたいに唇をムッと尖らせて頭から布団をかぶろうとしたのに。

「その拗ねた顔……いいね」

　なんて、ちょっと甘いセリフを吐き捨てて、わたしの手をつかんできた。

「なんかなー……杞羽って俺を簡単に狂わせそう」

「くる、わせる……？」

「ふとしたときに、なんか欲しくなるんだよね」

「えっと、それはどういう……」

「可愛い杞羽をもっと見たくなるってやつ」

　すごくすごく心臓に悪すぎる。

　先輩が放つ"可愛い"は、まるで魔法がかかっているみたいで、簡単にドキドキさせるから。

「……せっかくだから、もっと」

「な、なんで覆いかぶさってくるんですか……っ？」

　ベッドが軋む音がしたときには、もう手遅れ。

「可愛い杞羽チャンを見せてもらおうと思って」

　あぁ、とっても危険。

　瞳も笑い方も、ぜんぶが危ない。

　何されるかわかんないのに、なぜか嫌だって言葉が出てこないし逃げ出したいとも思えない。

「……そーだ。せっかくだから着替える？」

「な、なんで」

「寝てる間に汗かいたんじゃない？」

「え……あっ、えっと……」

　突然の提案になんて答えたらいいか思考が停止寸前。

　なのに先輩の指先は、おかまいなしにわたしの首筋あたりに触れてくる。

　そのまま下に降りて、部屋着のボタンが上から順番に外されていく。

「ま、待って……ください。ボタン……外しちゃダメ、です……っ」

　熱のせいで頭がボーッとするし、いつも以上に体に力も入らない。

「……着替えたほーがいいでしょ？」

「やっ、だから……」

「抵抗するなら優しくしてあげない」

「っ……」

　先輩のせいで余計に熱が上がってる。

　体の内側から火照って熱い。

　簡単に冷めそうにない。

「……んじゃ、こーしよっか」

　腕を引っ張られて、背中にスッと先輩の腕が回ってきて体をゆっくり起こされた。

　部屋着が若干はだけたまま……。

　クラクラする意識の中で自分の手で胸元をクシャッとつかんで隠すけど。

「……隠しちゃダメ。ってか、こーしたら見えないからいいでしょ？」

　気づいたら、先輩がわたしの後ろに回り込んでいた。

　大きな体に包み込まれて、心拍数はさらに上がっていく一方。

「……後ろからってさ、なんでもやりたい放題できちゃうからいいよね」

「み、耳は、いや……っ」

　わざと耳を攻めて、体をよじったらお腹のあたりにある先輩の腕がグッと力を込めて逃してくれない。

「嫌って言うわりに体は素直に反応しちゃってるけど」

「やだっ……」

　何も経験がないわたしと、こんな甘いセリフで惑わせて触れるのなんて経験ずみの先輩と。

　これじゃ、もちろん何もかも経験してる先輩のほうが攻めるのだって、引くのだってうまいに決まってる。

「……んじゃ、さっきの続きね」

　首筋にかかる髪をスッとどかされて、うなじのあたりに唇のやわらかい感触。

「ん……っ……」

　同時にお腹のあたりにスーッと冷たい空気が触れる。

「……やっ、そんな素肌に触らないで……っ」

　器用すぎる手が部屋着の裾を捲（めく）ったせい。

「……そんな声出したら逆効果」

　お腹のあたりを直（じか）に撫でられて、その手が少しずつ上にいってるような感じがする。

　でも、そちらばかりに気を取られているせいで、もう片方の手が気づいたら部屋着のボタンをぜんぶ外していた。

　う、嘘……っ。同時にこんなできてしまうなんて、どう考えても慣れてるとしか思えない。

　キスを落とすのだって、服を脱がすことだって、甘い言葉を囁いて攻めるのだって——慣れてる先輩にしたら容易（ようい）なこと。

　どうせ、わたしの下着姿なんて見たってなんとも思うわけない。

　きっとまた、胸がないとか体が好みじゃないとか言われるだけ……だもん。

　頭の中でそんなことをグルグル考えて、同時になんでか胸がモヤモヤして。

「……これ、脱がしていーの？」

　冗談半分な聞き方。

　本気で続きをしようとしているのか、それともからかって愉しんでいるだけなのか。

　いつもならぜったい抵抗してるのに、嫌だって言うはずなのに。

「……いい、脱ぐ……っ」

　なんだろう、やけになってる。

　部屋着から腕をスルッと抜いて、完全に危ない姿。

　あぁ、今日に限ってキャミソール着てない……。

　でも、別にいいや……。

　先輩に見られたところで、何か変なことされるわけでもないし起こるわけもない。

　だったら、からかわれた分、今度はこっちがちょこっとくらい暴走してもいいのかな……。

「……うわ、これはかなり想定外」

　ちょっと困った声が聞こえた。

「もっと脱ぐ……」

　あぁ、なんでだろう。

　熱のせいで思考がショートしてる。

「……いやいや、もう脱げないから。ってか、それ以上やられたら俺がヤバいんですけど」

「ヤバいって……？」

　もうこの際、先輩が今どんな顔してるか気になるから振り返っちゃえ。

「……っ、何この角度いろいろヤバくない？」

　先輩がいつもより困って余裕なさそうな顔をしてる。

　迫るわたしから逃げるように体を後ろに下げる。

「逃げちゃ……ダメ……っ」

　大胆——きっと、それ以上。

　両手を先輩の胸板にあてて、体が前のめり。

　そのまま首を上げて、ちょこっと傾ける。

「……何この可愛い誘惑」

「ゆう、わく……っ？」

「それずるいって……。急に大胆になるし、敬語じゃなくなるし」

　あっ、困りすぎて頭を抱えてる。

「そんな煽り方、俺は教えてないのに」

「あおる……？　先輩も脱ぐ？」

「何それ……っ、誘ってんの？」

「……うん、誘ってるの」

　危機感とか恥ずかしさなんてどこかにいって。

　なんでか楽しくてにこにこ笑っちゃう。

「……いつからそんなイケナイコになったの？」

「先輩が、そうしたの……っ」

　先輩の首筋に腕を回して、そのまま体ごと飛び込んだ。

　しっかり受け止めてくれるかと思ったら、先輩の体がそのままベッドに沈んだ。

「……あれ、倒れちゃった」

「誰のせいだろーね」

　相変わらず頬がゆるんで笑ったまま、先輩の顔を見たら。

「……ちょっと我慢の限界。どーしたらいいですか」

「どーしたいですか」

「……杞羽チャンをめちゃくちゃにしたいです」

「えへへ……っ、いいですよ」

　頭がふわふわしてる。

　なんだろう、なんでも口からポンポン出てきちゃう。

「……いいんですか？」

　頬に先輩の手が触れた。

　大きくて少し冷たいけど、この手に触れられるのはなん

でか嫌じゃない。

「やっぱりダメ……です」

「半殺しですか」

「だってだって、先輩ちょっと前にわたしの体になんか欲

情しないって言ったもん……っ」

　忘れてないんだから。

　興味なさそうに言い放ったこと。

「今はかなり欲情してんだけど」

「ぜったい嘘だぁ……っ」

「嘘じゃないし。なんならこのまま抱いてい一の？」

　顔近い、めちゃくちゃ近い。

　キスできちゃいそうなくらい迫ってきてる。

「抱きしめるってこと……っ？」

「んーん、意味違う。杞羽のぜんぶもらうってこと」

「ぜんぶは、まだあげたくない……っ」

「こんなエロい誘い方しといてくれないの？」

　お互いの吐息がかかって、あと数センチ唇が動いたら触れちゃいそう。

「誘ってないの。ただ熱のせいで体がだるくてね、頭がほわほわーんってしてるの」

「……んじゃ、おあずけ？」

　あっ、少しシュンッてしてる。

　ここでおあずけって言ったらどうなっちゃうのかな。

　なんてことをぼんやり考えていたら……。

「……ってか、おあずけとか無理」

　限界って顔が視界に映って——唇が重なった。

　最初はわずかに触れただけ。

「……なんか想像よりずっといいかも」

　今度は長くて、深くて、ずっと塞がれたまま。

　塞いでるだけじゃなくて、たまに上唇をやわく噛んだり。

　わざとチュって音を立てたり。

「ん……っ、……う、ぁ……」

　何これ、甘すぎて感覚がおかしくなりそう……っ。

　体の奥から熱くなってくる。

　本格的に意識がどこかにいってしまいそうで……。

　でも、なんでかこのキスがとっても心地よくて。

「……あき、せんぱい……っ」

「……ん？」

「もっと……っ」

　深く角度を変えて何度も何度も。

　気づいたら体勢が逆転して、わたしの体のほうがベッドに沈んでいた。

「あーあ。我慢の仕方忘れちゃった」

　なんて言って、また貪るように唇を重ねて求めて。

　あぁ、もうこれたぶん夢なんだ。

　というか、現実だったらかなりおかしい。

　先輩がわたしにキスするわけない……もん。

　最後、意識が飛んでしまう寸前——。

「こんな可愛いの知らない」

　余裕のなさそうな声が聞こえた。

こんなの想定外

【暁生side】
　あー……ついに我慢できなくて手を出してしまった。
　意識を手放して眠った杞羽の寝顔を見ながら勝手に罪悪感に襲われてる。
　病人相手に何してるんだってね。
　そもそも付き合ってもないのに何キスしちゃってるんだってね。
　ってか、ここまでするつもりなかったし。
　ほんとは、少しからかってジョーダンだよってすませるはずだったのにさ。
「はぁ……ほんと可愛すぎてどーしたらいいの」
　いつもはちょっと触れたり甘いことを言ったら恥ずかしがって逃げるくせに。
　今日の杞羽は逃げるどころか、俺の理性を殺しにかかるような誘い方をしてくるから。
　熱のせいなのか、急に大胆になって俺を翻弄して。
　天然の誘惑ほどタチ悪いものってないよ。
「急に敬語取れて大胆になるのずるすぎでしょ……」
　いつも強がりで素直じゃないくせに、今日はどうしたのっていうくらい素直で甘えてくるし。
　計算でやってんの？っていうくらい。
　たぶん、無意識なんだろうけどさ。そこまで杞羽が計算

して誘ってくるなんてありえないし。

　気づいたら抑えがうまくきかなくて、キスまでしちゃったし。

　……この状況に耐えられる男なんている？

　自分でもこんなに欲しくてたまらない子は初めて。

　よくいろんな女から告白されたりするけど、興味すらわかないし付き合うなんて想像もできない。

　だから今まで彼女なんて作ったことはないし、本音を言うなら、1人でいるほうが余計なことを考えなくていいからすごくラク。

　彼女のために何かしてあげるとか、そんなこと今の自分にはぜったい無理だろうなって。

　誰かのために時間を使うくらいなら、自分のことを優先したいって常に思ってるし。

「……なのに、なんで俺はこんなにこの子に夢中になってんだろうね」

　自分でも不思議なくらい、杞羽にものすごく惹かれてる。

　杞羽と出会ったのはたしか入学式の日だっけ……？

　その日は実家から追い出されて間もなかったから、ものすごく気分が最悪なときだったんだよね。

　1人で生活とか、ほんと無理だしだるいし。

　だから人通りが少ない場所で寝ていたのに。

　いきなり迷子の杞羽が声をかけてきたんだっけ。

　最初は女の声だったから、うわーだるってって機嫌が悪くなるばかり。

　でも、すごい慌てて必死に声をかけてくるから仕方なく目を覚ましたら。

『た、大変なんです、お願いですから助けてください！』って、めちゃくちゃ必死に頼み込んでくる杞羽がいて。

　寝ぼけながらも、なかなか可愛い子じゃん……なんて、杞羽を見たときの第一印象はそれくらい。

　幼い顔立ちで、小動物みたいで。たぶん男が守ってあげたくなるタイプの子。

　それから迷子になったって言われて、仕方なく教室まで連れていってあげたんだっけ。

　おまけに杞羽は必死になりすぎて、簡単に『なんでもします！』とか言ったんだよね。

　男相手になんでもしますとか言っちゃダメでしょって。

　男なんてみんな下心持ってんだから、そんなこと言ったら襲われかねないのに。

　純粋で天然……もしくはただのバカなのかって。

　まあ、どっちにしろもう会うことも話すこともないだろうと思ったから。

　でも、杞羽との再会は思った以上に早かった。

　その日ちょうど、部屋の鍵を学校に忘れて気分が落ちているところに杞羽が来た。

　そしたら、まさかの隣に住んでるって言うから。

　あー、この子なら単純だからうまいこと丸めちゃえば自分の思いどおりになるんだろうなって。

　なんだかんだ押しには弱そうだし。

　だから、最初は自分のお世話役としてちょうどいいくらいの感覚。

　興味があったとか、そういうわけじゃなかったんだけど。

　事情を話したら押しに弱い杞羽は結局、渋りながらも俺を部屋に入れてくれた。

　部屋に入れるように頼んだのは俺だけど、フツーは1人暮らしの部屋に男を入れるのは危険だってわかること。

　だから、よっぽど男に慣れているから平気で部屋に入れたのかと思ったら。

　まさかの真逆で、男にまったく慣れていないのか、いちいち反応がオーバーだし、わざとやってんの？って思うくらい。

　でも、顔は真っ赤だし、めちゃくちゃ動揺してる様子からほんとに男をなんも知らないんだなって。

　今まで自分が見てきた女とは違って、あざとさが見えないっていうか。

　いちいち可愛い反応を見せるし、すごくピュアで天然。

　ちょっと近づいたり触れたりするだけで、すぐに顔真っ赤にするし。

　その顔がものすごく可愛くて困らせたくなるばかり。

　一緒に生活していくうちに、気づいたら杞羽の魅力にどっぷりはまっていったのは俺のほう。

　可愛さがあるのはもちろんで、それに加えて家庭的で優しいところもあるし。

　たぶん、困ってる人を放っておけないタイプだと思う。

　最初は俺が杞羽を振り回していたはずなのに、気づけば杞羽の可愛さに溺れて振り回されて逆転してた。

　杞羽が純粋で男を何も知らないなら——俺がぜんぶ教えてあげて自分の色に染めたくなった。

　このままあわよくば杞羽が俺のこと意識してくれたらいいのに——と思った矢先。

　いきなり杞羽が部屋に飛び込んできて、急に彼氏になってほしいとか言い出して。

　慌てる様子から何かあったのかと思ってワケを聞いたら、幼なじみが部屋に来てるとか。

　なんだ、幼なじみいたんだって最初はそれくらいの関心だったけど。

　杞羽の口から、その幼なじみが——男って聞くまでは。

　男に慣れてないくせに身近に男いるのかよって、自分の中で今まで感じたことがない——嫉妬心に襲われた。

　他人に嫉妬するなんて初めて。杞羽のことになると自分が知らない感情ばかり出てくるからほんとに困る。

　結局、幼なじみくんを説得するために彼氏のフリをすることになって会ってみたら、あからさまに杞羽のこと好きオーラ満載。

　おまけに、杞羽は幼なじみくんの好意にまったく気づいていない。

　……どこまで鈍感なのって思ったけど、こっちとしては都合がよかった。

　だから、幼なじみくんの前で杞羽は自分のだって子ども
みたいにアピールして、それで杞羽がもっと俺のこと意識
すればいいのにって。

　幼なじみなんかが入る隙がないくらい、俺に夢中にさせ
たかった。

　珍しく焦ったせいで、気づいたらわかりやすいくらいに
独占欲全開。

「ん……。あき、せんぱい……」

　急に名前を呼ばれたから起きたのかと思ったらスヤスヤ
寝てる。

　たぶん寝言。無意識に名前呼ぶってずるくない？

　おまけに体を俺のほうに寄せて抱きついてくるから、ま
た理性がグラッと揺れる。

　さっきまでの大胆に誘うような杞羽の顔や甘い声が頭か
ら離れない。

「なんなのほんと……。こっちが振り回されるとか想定外
なんだけど」

　眠っている杞羽の髪にそっと触れた。

　傷みを知らない、キレイな髪。

　顔なんてめちゃくちゃ小さくて、俺の手のほうが大きい
んじゃないかってくらい。

　小さくて可愛い桜色をした唇に、頬なんてものすごくや
わらかい。

　背もすごく小さくて華奢。

　強く抱きしめたら折れるんじゃないかってくらい──で

も、独特のやわらかさみたいなのがあって、触れるのをやめられない、何度だって触れて抱きしめたくなる。

「ん……」

　無防備な寝顔……。こんなの俺以外の男だったら我慢できないから。

　もっと危機感を持たせないと、隙があれば他の男に襲われそうだし。

　本人はまったく気づいてないだろうけど、杞羽を狙ってる男は多かったりする。

　普段、誰がモテるとか可愛いとかそういう話題はまったく興味がなかったけど、杞羽のことになれば話は変わってくる。

　まわりの噂で、１年でダントツに可愛い子がいる――もちろんそれは杞羽のこと。３年の間でこれだけ人気があるってことは、同い年の１年なんてもっと杞羽のことを狙ってるやつが多そう。

　それで本人が可愛いことを自覚してくれたらいいのに、まったくの無自覚。

　いつも自分は可愛くないって否定してばかりだし。

　おまけに恋愛に鈍感すぎて扱いがものすごく困る。

　ってか、距離感がうまくつかめない。

　あんまり攻めすぎるのも――と、自分の中でうまく線引きをしたはずなのに、杞羽の可愛さがぜんぶそれを破壊してくるから、ブレーキがまったく機能しなくなる。

　らしくない……他人にここまで振り回されて、気持ちを

かき乱されるなんて。

「はぁ……。なんで俺がこんな我慢しなきゃいけないの」

　ただでさえ我慢とか苦手なのに。

　さすがに寝てる相手には手出さないけど。ってか、もう出しちゃったから手遅れなところもあるけど。

　杞羽は熱も上がってるし、意識もぼんやりしていたから、たぶんキスされたことは忘れてそうな気がする。

　もし覚えていたら、どんな言い訳しよう……なんて。

　まあ……もし覚えていたら、気持ちを伝えてみるのもありかも。

　杞羽は恋愛に疎いし、俺がどれだけ我慢して嫉妬してるかなんてわかっていないだろうから。

　意識させるためにも、わからせてやりたくなる。

　それか——あえて引いてみるのもありかも。

　押してダメなら引いてみろって聞いたことあるし。

　ってか、たぶん今までどおり杞羽と接していたら、いつまた手を出すかわかんないし。

　それで杞羽に嫌われたら元も子もない。

「ほんと……いつ俺のものになってくれるの」

　そんなひとり言は、スヤスヤ眠る杞羽に届くことはなかった。

モヤモヤなんて気のせい

　風邪をひいてから1週間ほどがすぎた。

　体調が完全によくなるまで3日ほどかかったけど。

　そして、いつもと変わらない日常が戻ってきたはず……なんだけども。

　風邪をひいた日以来、暁生先輩の様子がどこかおかしいというか不自然に見えるのは気のせい？

　最近、朝起こしに行ったらもうすでにベッドにいなくてちゃんと起きてるし。

　わたしが近づいたりすると、なぜかスッと距離を取るし。

　夜とかごはん作ったら早く帰ってほしいのか追い出されるし。

　おまけに、甘えたりワガママみたいなのを全然言わなくなった。

　いや、どれもいいことなんだけども。

　なんだろう、遠回しに避けられてる……ような。

　だって、前あれだけ甘えてワガママ言って、平気で体に触れてきたりしていたのに。

　あからさまにストップするから、何かあったのかすぐにわかる。

　でも、先輩がなんでこんな態度を取るのか理由まではわかんない。

　ぜんぶ、わたしが風邪をひいた日から始まったこと。

　じつは熱があったときの記憶がかなり曖昧で。

　先輩がそばにいてくれたのは覚えているんだけど、そこから先がイマイチ思い出せない。

　でも、断片的に先輩の顔が近くにあったこと、なんでかキスしてる……みたいなところだけ記憶に残っている。

　フツーに考えてキスなんてありえないし、妄想よりひどいじゃんって。

　だから、たぶんこれは夢だと思う。

　だとしたら、なんで先輩の様子がおかしいんだろう。

　ここ数日はそんなことを考えてばかり。

　この出来事を沙耶に話してみたら。

「えっ、何その展開は。ってか、それもしかして夢じゃなかったりして」

「ま、まさかまさか!!　だ、だって、めちゃくちゃ大人なキス……してたもん……!!」

　思い出しただけで顔から火が出そう。

　気のせいかもしれないけど、唇に残る感触が妙にリアルっていうか。

　昔、誰かから聞いたことあるのは、初めてしたキスの感触はなかなか消えないって。

「へ〜大人なキスね〜。ってか、もしそれが夢だったら杞羽めっちゃ欲求不満みたいじゃん」

「なっ!!　そ、そんな恥ずかしいことフツーに教室で口にしないで……!!」

「ハレンチ杞羽ちゃんになっちゃったのか」

「そんな呼び方しないでよぉ……っ」

　ハレンチ杞羽ちゃんなんてひどい。

　先輩とかそんなあだ名つけてきそうだし。

　って、今はそんなことどうだっていい!!

「まあ、それが夢かはさておきさー。杞羽はどう思ってるの?　もしだよ、仮にほんとにキスしてたら気持ち的にどうなの?」

「気持ち的に……とは」

「いや、フツーは好きでもない人とキスなんてしたくないでしょ」

「た、たしかに」

　気持ちのない人にキスされたら、それをなかったことにしようとして唇をこすっちゃいそうだし。

　あれ……じゃあ、なんで今のわたしは嫌だとか思ってないんだろう。

　ま、まあ、ほんとにキスしたかどうかわかんないし。

「はぁ、こりゃ大変だ〜。キスマークはつけられるし、キスされた疑惑は浮上してくるし」

「うぅ……っ」

「んで、おまけに最近になって幼なじみの千里くんも参戦しちゃって三角関係ってやつ?」

「そ、そんなこと……」

　ないって言いきりたいのに、はっきり言えない。

「ってか、千里くんが杞羽の部屋に来てゴタゴタした話を聞く限り、あきらかに春瀬先輩、杞羽のこと取られたくな

いって感じじゃん。もうそれ独占欲でしょ」

「いや、だから前にも言ったけど、それは独占欲とかじゃなくて息子がお母さんを取られる的な感覚で！」

「んじゃ、わざわざ男除けのためにキスマークつける必要あるか～？」

「うぬ……」

「これは間違いなく春瀬先輩は杞羽のほうに気持ちが傾いてるね。いやー、これからの展開が楽しみだ～」

「他人事だと思って……」

　そして迎えた放課後。

　沙耶と教室で別れて下駄箱を出てみたら。

　何やら門の付近で人だかりができているし、女の子たちがやけにキャーキャー騒がしい。

「ねぇ、あのイケメン誰か待ってるのかな!?」

「彼女迎えに来たとか？　制服見る限り他校っぽいし」

「えぇ～、いいなぁ。わたしもあんなイケメン彼氏に迎えに来てほしい～」

　どうやら女の子たちがイケメンと騒ぐ他校生が入り口付近にいるらしい。

　自分には関係ないことだと思っていたら。

　えっ、うわ……嘘。

　門のそばに立っている見覚えのあるシルエット。

　どんどん近づいていくと、それが鮮明になって誰かわかってくる。

　学ランの中にパーカーを着て、黒のリュックを背負って。

　足元は動きやすそうなスニーカーを履いて。

　な、なぜここに——千里がいるの……!?

　あきらかに学校帰りで、そのままここにやって来ました感満載。

　どうやら騒ぎの中心にいたイケメンは千里のことだったみたい。

　顔が認識できるくらいまでの距離になれば、もう逃げられないわけで。

「やっと出てきたかよ、おっそ」

「なんで千里がここにいるの!!」

　あぁ、もうほら。まわりの視線がものすごく痛いから。

　おまけに、一部からは「えっ、あの子が彼女!?」なんて声も聞こえてくるし。

「杞羽に会いに来た以外に理由ねーだろ」

「な、なんで会いに来るの」

　千里は結構頭のいい高校に通っていて、部活もあるから忙しいのに。

　こんなところ来てる暇ないじゃん。

「つめてーのな。彼氏いるからそんな態度なわけ?」

「そ、そういうわけじゃない……けど」

「つーか、付き合ってんのに一緒に帰ったりしないわけ? 隣に住んでるんだから帰り道も同じだろ?」

　はっ、しまった。千里には先輩と付き合ってるって話で通してあるんだった!

すっかり忘れていた。

「きょ、今日は先輩に用事があって、一緒に帰れないだけ……だもん」

ないなりに知恵を振り絞って考えた言い訳。

もしかしたら嘘ってバレるかもしれないけど、今はとりあえずこれで乗り切るしかない。

「ふーん。ならちょうどいいわ」

「えっ、ちょうどいいって」

「今からウチに帰るぞ」

「ウチって？」

頭の上にハテナマークを浮かべるわたしに、おかまいなしで腕をつかんできて。

「決まってんだろ。杞羽を連れ戻しに来た」

「は……はぁ!?　えっ、やだやだ家には帰らないんだから!!」

つかまれた手をブンブン振って抵抗するけど、全然かなわなくてビクともしない。

「お前の好きなパンケーキ奢ってやるって言っても？」

「うっ……」

食べ物で釣るなんて卑怯だよぉ……。

わたしの実家の近くに美味しくて有名なパンケーキ屋さんがある。

昔はよく家族や千里と食べに行ったりしていた。

けど、1人暮らしを始めてから一度も実家のほうに帰っていないので、そこのパンケーキを食べられていない。

「せっかくタダで食べられるチャンスなのになー？」

「うぬ……っ」

　人間タダって言葉に弱いような……。

　頭の中に甘いホイップクリームが山盛りにされた、ふわふわのパンケーキがボンッと浮かぶ。

「まあ、悩んでる時点で行くしかないよな？」

「うぅ……食べたら帰るもん……」

　結局、パンケーキの誘惑に勝てず、学校を出て実家のほうへ帰るため駅へ向かう。

　帰りはそんなに遅くならないはずだけど、先輩のごはんの支度はできそうにないからメッセージくらい入れといたほうがいいかな。

【友達とパンケーキ食べてから帰るので今日は晩ごはん作れません、ごめんなさい……！】

　あえて千里の名前は出さずに送信。

　すると意外とすぐに既読がついた。

　何か聞かれるかなって少し期待してた。

　誰と一緒とか、何時ごろ帰ってくるのとか。

　何かしらそんな言葉を期待していたけど、それはあっけなく崩されてしまう。

【ん、わかった。俺も今日帰り遅いからいーよ】

　反対にこっちが聞きたくなった。

　誰と一緒なのか、遅いって何時ごろなの……とか。

　……って、なんでわたしがそんなこといちいち気にしてるの？

　先輩が誰といたって関係ないはずなのに。

　既読をつけて、これ以上返信ができなくて画面を見つめたまま固まる。

　そして、気づいたら明るい画面から真っ暗になっていた。

「おい、どーした。急にそんな暗い顔して」

　千里に声をかけられてハッとした。

「い、いや……なんでも、ない」

　慌ててスマホをポケットの中にしまった。

　学校の最寄り駅は構内が広くて、放課後は学生がショッピングをしていたりカフェで勉強していたり。

　わたしの学校の生徒はもちろん、他校の生徒もたくさん見かける。

「おーい、杞羽ってば。せっかくパンケーキ食えるのになんでそんな落ち込んでんだよ？」

「べ、別に元気だもん……」

　今は駅構内で有名なフルーツジュースが売っているお店でマンゴージュースを買ってもらった。

「せっかくジュースまで奢ってやったのに」

「それはありがとうだけど……」

　あぁ、もう。せっかく美味しいはずのマンゴージュースが台無しになってる。

　もういいんだいいんだ、先輩のことなんて忘れて美味しいパンケーキを食べちゃえば。

　どうせ、先輩はわたしがいなくても平気なんだから。

　今日くらい実家に泊まろう……かな。

　というか、そもそもわたしと先輩の関係なんて隣の部屋の住人程度のもので。

　お互いが誰とどこにいようが、干渉(かんしょう)するような関係じゃない。

　なのに、なんでこんなに先輩のことばかり気になっちゃうんだろう。

　あぁ、もうダメだダメだ。

　いろいろ考えるからわけわかんなくなるんだ。

　やけになって、ジュースをストローで勢いよく吸った。

　口の中に広がるのは氷が少し溶けたせいで、味が薄くなったあまり美味しくないマンゴージュース。

　先輩のせいでこんな味になっちゃったじゃんか。

　はぁ……とため息が出そうになった瞬間。

「……え」

　少し遠い距離で見えた——見覚えのある後ろ姿。

　一瞬、人違いかと思ったけどたぶん合ってる。

　視界に映る背の高い男の人は……暁生先輩。

　その隣にスラッとした、モデルのような体型の女の人がいた。

　わたしみたいな子どもっぽい高校生じゃなくて……まさに"大人の女"みたいな感じで。

　たぶん年上……だと思う。

　そりゃ、暁生先輩みたいなかっこいい人には、年上の美人がお似合いだろうけど……。

　なんでこんなモヤモヤした気持ちになるのか全然わから
ない、わかりたくもない。

　きっと隣にいる女の人は、わたしが知らない暁生先輩を
知っているような気がして。

　無性に悲しくなって、悔（くや）しくなって。

　スカートの裾をギュッと握ったと同時に。

　今まで先輩と過ごしてきたはずの時間が、この一瞬で霞（かす）
んで見えた。

「なんだよ、さっきよりもっと暗い顔して。せっかく好物
のパンケーキ食ってんのに冴えない顔ばっかじゃねーか」

「……」

　結局、あれから暁生先輩と女の人の後ろ姿が頭に焼き付
いて離れなくて。

　せっかくの美味しいパンケーキも、なぜか食べ進められ
ない。

　いつもほっぺが落ちるくらい美味しいのに、今はちっと
も味がわかんない。

「……なんだよ、そんな家に帰りたくねーの？　アイツの
そばにいたいのかよ」

　千里が不満そうな顔をしながら、そんなに得意じゃない
甘いパンケーキを無理やり食べていた。

「いや……、そういうわけじゃなくて……」

「んじゃ、どーゆーわけなんだよ」

「わかんない……」

「はぁ？」

　頭の中でどれだけ考えたって何も出てこない。

　ただ考えれば考えるだけ、頭の中が先輩でいっぱいになっていく一方。

　どうせ、先輩にとってわたしなんかただの面倒見のいい都合のいい存在くらいにしか思われてないんだ。

　きっと、美人で年上で甘やかしてくれる、大人の女の人がいいんだ。

　……わたしなんかとは正反対の。

　なんかマンションに帰るのが嫌になってきた。

　というか、先輩と顔を合わせたくない。

　胸に鉛を抱えたみたいに重苦しいものが何かわかんなくて、全然晴れない。

　いいもん……先輩がそういう女の人と遊んでたってカンケーないもん。

　だいたい、あれだけ見た目かっこよくて完璧なら女の人が放っておくわけがない。

　彼女の１人や２人いたっておかしくない。

　ただ、わたしが知らないだけの話。

　先輩はいろんな女の人を知っていそうで、きっとキスとかそれ以上とか、ぜんぶ慣れていて。

　だから、これ以上はまっていったら、いいことない──。

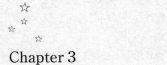

Chapter 3

欲しいなんてずるすぎる

「え、何もう１週間以上もマンションのほうに帰ってなくて、実家から学校に通ってるの？」

「うっ……」

　もう６月の下旬に差しかかる頃。

　涼しい日が続いていたし、風邪もひいていたけど、気づけば衣替えの時期だ。

　最近いつもよりギリギリに登校しているので、沙耶が心配してワケを聞いてきた。

　じつは千里と出かけて、暁生先輩を見かけたあの日からマンションに帰るのが嫌になって。

　もし帰ったとしても先輩の顔を見たくないし、接したくもないし。

　グルグル空回りした結果、学校が遠いから１人暮らしを始めたのに、今は実家から通うという意味のわからない状態になってしまった。

「しかも、実家に帰ってる間はほぼ毎日千里くんに送り迎えしてもらってると？」

「そ、それは……千里が勝手にやってるだけ……だもん」

　沙耶いわく、他校のイケメンを最近見かけるという噂が女子の間で流れてしまい、わたしの彼氏なんじゃないかと思われているらしい。

「何よ、春瀬先輩と同棲中にケンカでもしたのー？」

「いや待ってよ！　なんで同棲中になってるのだし、別に
ケンカなんてしてないし……！」

「もうほぼ同棲してるようなもんじゃない。今までいい感
じだったのに急にどうしたの？」

「どうしたも何も先輩の顔見たくないし、それに……」

　今でも頭の中に残っている女の人の姿。

　明るく染められた髪はしっかりカールがかかっていて、
遠くてあんまり見えなかったけどたぶん美人だったし、お
まけにスタイルよかったし。

「暁生先輩には……わたしなんかよりも美人でお似合いな
人がいるだろうから」

「なんでそう思うのよ～。何かあったの？」

「この前……すっごく美人な年上の女の人と腕組んで歩い
てたから。それ見たら、なんかわかんないけどモヤモヤし
ちゃって……。先輩の顔見たくない……みたいな」

　そう言ったら、沙耶があらまという感じの顔をして。

「つまり、もうすでに杷羽は春瀬先輩の虜（とりこ）ってことか～」

「え……はっ、えっ!?」

　それって、わたしが暁生先輩を好きになってるって言い
たいの!?

「だってそうじゃん。ようは、春瀬先輩が他の女の人と一
緒にいるの見てモヤモヤしたわけでしょ？　それってヤキ
モチじゃん」

「え……えっ、そ、そんなことないもん……!!」

　違う違う、ヤキモチなんて。

　だって、なんでヤキモチ焼かなきゃいけないの？

　別にわたしには関係ないことなのに。

「いや～まさか杞羽がヤキモチとはね～。まんまと春瀬先輩の魅力に落ちたわけか」

「落ちてない落ちてない!!」

「強がるのはほどほどにしておかないと、あとで気持ちにしっかり気づいたとき後悔するよ？　あのとき好きなら認めておけばよかったーってね」

　認めるも何も、好き……なんてそんなことないもん。

　あんな自分勝手でデリカシーのかけらもなくて。

　ワガママばかりだし。

　でも、気づいたら一緒にいるのが当たり前になっていて、優しい一面もあったり。

　きっと、最近は誰よりも先輩がそばにいて。

　おまけに先輩の触れ方は甘くてずるいから。

　甘いことを囁かれたら心臓をギュッてつかまれたみたいにドキドキクラクラして。

　勝手に、先輩のいちばんそばにいるのは自分だって思い込んじゃっていたから。

「杞羽のその様子だと、まだ自分の気持ちに整理がついてないとか？」

「っ……」

　図星……。今の自分にいちばん当てはまる言葉。

「まあ、好きって認めたくない気持ちが邪魔しちゃってたりするとよくないからねー。好きって気づいたなら素直に

認めることも大事だよ？」

　沙耶に言われたことに何も返せないまま、チャイムが鳴って授業が始まった。

　そして迎えたお昼休み……事件が起きた。

　いつもみたいに沙耶とお昼を食べようとしたとき。

「あっ、杞羽ちゃん！」

　クラスメイトの栞奈ちゃんが、何やら慌てた様子で声をかけてきた。

「どうしたの？」

「なんかね、杞羽ちゃんに用があるみたいで、探してる人たちがいるの。あそこにいる人たちなんだけど」

　前の扉を見たら、化粧をばっちりした派手な見た目の３人組。

　見たこともないし、話したこともない。

　そんな人たちがいったいなんの用だろう？

「あ、教えてくれてありがとう。ちょっと行ってくるね」

　栞奈ちゃんにお礼を言って、恐る恐る前の扉のほうへ。

「え、えっと……あの、わたしのこと探してるって聞いたんですけど」

　声をかけたら思いっきりギロッと睨まれた。

　ひぃ……なんかすごく怖い。

「あなたが紗倉杞羽？」

　わぁ……いきなり呼び捨て。

　これは間違いなくヤバい空気感。

　上履きの色から３年生だということがわかる。

「そ、そうです……」

「ちょっと今から時間ある？　聞きたいことあるんだけど」

　断りたいけど、３人の圧がすごい……。

　結局、断れずに無言でうなずいて連れてこられたのは、間違いなくヤバそうな体育館裏。

　右も左も正面も囲まれて、おまけに後ろは壁で完全に逃げ場なし。

　うわ……これ漫画でよく見るシーンだよ。

　まさか自分の身に起こるとは。

　って、そんな呑気なことを考えている場合じゃなくて。

「ねぇ、あなたの本命って誰なわけ」

「ほ、本命……といいますと？」

「春瀬くんと付き合ってんの？　噂になってるけど」

　あぁ、たぶんよく暁生先輩がわたしのクラスに来たり、一緒にいるところを見られるのが多かったから。

　それで付き合ってるだなんて噂が流れてしまったのかもしれない。

「あ……いや、暁生先輩とは付き合ってないですけど」

　３人とも顔を見合わせて、今度は全員がわたしをきつく睨んできた。

「付き合ってないくせに下の名前で呼んでるわけ？」

　うっ……しまった。いつものクセでつい……。

　どうやら、この先輩たちはわたしが暁生先輩と絡んでい

るのが気に入らないっぽい。

「春瀬くんにも手出して、おまけに他校の男にも手出して
るらしいじゃん」

　他校と聞いてすぐに千里が浮かんだ。

　これもまた誤解されてるし。

「おとなしそうな顔してやること大胆だよね」

「ほんとね。春瀬くんぜったいこんな子どもに興味ないで
しょ」

　フッと鼻で笑って、見下すようにこっちを見てくる。

　そりゃ、先輩がわたしに興味ないのはわかっているけど、
まったく関係ない人から言われると地味に傷つく。

「身のほどを知ればいいのにね。あなたみたいな子、春瀬
くんには釣り合ってないから。もう近づかないって今ここ
で約束してよ」

　そんな無茶なこと言われても。

　そもそも、この人は暁生先輩の彼女でもないくせに。

　でも、ここで約束しますって言わないと何されるかわか
んないし。

　だから、『わかりました』って言おうとしたら──。

「……俺さ、結構その子に興味あるよ」

　ん……？　えっ、えっ？

　いま誰が喋った？　わたしも３年生の先輩たちもみんな
目を見開いている。

　声のするほうに目線を向けたら。

「……こんな場所に連れ込んで脅すようなことしてるアン

夕たちよりか、杞羽のほうがずっと可愛いけどね」
「えっ、なんで春瀬くんがここに……!?」

　どうやら見つかって都合が悪かったのか、3人揃って慌ててわたしから距離を取って囲むのをやめた。
「ってかさ、釣り合ってないとか近づくなとか、なんで部外者のアンタたちに勝手に決められなきゃいけないわけ?」

　め、珍しく暁生先輩が怒ってる。

　いつもより口調が強くて早口だから。
「そ、それは……、この子が春瀬くんにも言い寄って、他校の男子にも手出してるって噂で聞いたから……」
「へぇ……。そんなくだらない噂信じてる暇あったらもっとマシなことに時間使ったら?」
「……っ!」

　3人とも何も言えなくなって「も、もういいよ。行こっ」と、あっさり去っていった。

　残されたわたしと先輩……。これはこれでかなり気まずいような。
「……大丈夫?　なんもされてない?」

　ゆっくりわたしのほうに近づいてきて、頭をポンポンと撫でられた。

　うっ、近いよ近い……っ!
「あ……えっと、助けてくれてありがとうございました」

　ペコッとお辞儀をして、気まずさから逃げるようにその場をダッシュ。

　うぅ……ぜったい今の感じ悪かったよね。

　せっかく助けてくれたのに。

　でも、先輩と顔を合わせたのが久しぶりで、そのせいかなんでかいつもよりドキドキしちゃって。

　なんでわたし、こんなに不自然さ全開なんだろう——。

　急いで教室に戻って、なんとか5時間目の授業に間に合った。

　授業中、スカートのポケットに入れているスマホが微妙に振動して、すぐに画面を確認した。

　メッセージの通知。差出人は千里。

　今日は部活があるから放課後迎えに来られないみたい。

　ここ最近、心のどこかで先輩からの連絡を待ってる自分がいて。

　学校にいるときも、家にいるときも。

　もしかしたら、先輩からわたしを求めてくれるんじゃないかとか……わけのわかんない期待を抱いちゃって。

　変なの……。お昼休み久しぶりに顔を合わせて自分から逃げ出したくせに。

　矛盾ばかり。

　モヤモヤした気持ちから逃げるために、自分から距離を置いたのに。

　わたしがいなかったら先輩は何もできないんじゃないかって、そんなことを思っていたけれど。

　結局、先輩みたいなイケメンが困っていたら女の人が

放っておくわけなんかなくて。

　きっと、あの美人の家にでも転がり込んでお世話してもらってるんでしょ……なんてことを考えてまた嫌になる。

　だから、わたしが突然いなくなっても向こうにとってはなんともないわけで。

　それを証拠に、暁生先輩からは一度だって連絡は来なかったから。

　この日の放課後。

　今日も実家に帰ろうとしたんだけど。

　しまった……。もう学校は夏服の時期で、長袖で過ごすのが暑苦しくなってきた。

　だから、明日くらいから夏服にしたいんだけども。

　夏服はマンションにあるから、いったん帰らないといけない。

　たぶん、先輩と顔を合わせることはないだろうし。

　1人で学校を出て、久しぶりにマンションの部屋へ帰ることに。

　1週間くらいしか経っていないのに、なんでかすごく久しぶりに感じる。

　なんて思いながらエレベーターを降りて、部屋に行くために柱を曲がった直後。

「……えっ」

　タイミング最悪すぎない？

　ってか、なんでこんなところにいるの。

「……あー、帰ってきた」

　わたしの姿を見つけると、扉の前でしゃがみ込んでいた暁生先輩がゆっくり立ち上がった。

「なんで、こんなところに……」

　偶然ここで待ってたの？

　それとも毎日こんなふうに、わたしが帰ってくるのを待ってたの？

　まさかそんなわけ……。

　だって連絡もなかったのに。

「杞羽のこと待ってた」

「っ……」

「……って言ったらどーする？」

　先輩が目の前に立ったせいで、大きな影に覆われて暗くなった。

　ゆっくり顔を上げれば、先輩の表情はいつもと何も変わらない。

　言葉を発せなくて下を向いて、先輩の横をすり抜けようとしたけどできなかった。

「……逃げちゃダメ」

　手首をつかまれて、体を抱き寄せられて。

　甘すぎる先輩の匂いと、薄いシャツ越しに伝わってくる熱のせいで、冷静な思考がどこかいっちゃいそうになる。

「は、離して……ください……っ」

「やだよ。離したらまた逃げられるから」

　そう言うと、そのままわたしの手を引いてなぜか先輩の

部屋の中に。

　バタンッと玄関の扉が閉まって。

　危険を合図するように──鍵をかけた音がした。

　あっという間の出来事すぎて、今なんでこんなことに
なっているの……？

　近すぎて心臓がドクドクうるさくて鳴り止まない。

　まわりは薄暗くて、真後ろは玄関の扉。

　目の前には先輩の大きな体。

　真横は先輩が扉に両手をついているせいで──どこにも
逃げ場がない。

「せ、せんぱ……っ」

　完全に不意打ち。

　声を発したと同時に、その先が言えなかった。

「っ……ん」

　下からすくいあげるように、唇を塞がれてしまったから。

　え……？　これって何……？

　暗くてはっきり見えないけど、先輩の顔が近くにあって。

　唇にはやわらかい感触が伝わって。

　その感触が、なんでか初めてじゃない気がして。

「……やっ、待って……」

　なんでいきなりキスなんかするの……？

　抵抗するために手で押し返すけど、それは効果がなくて
あっけなく拘束される。

「うっ……やめ……っ」

「……喋るとキスしにくい」

　どんどんキスが深くなるから、意識がどこかにいってしまいそうになる。

　力が入らなくて、膝から一気に崩れそうになったら、今度は地面から体がふわっと浮いた。

「……んっ、やっ……だ」

　わたしを抱き上げたまま、唇は離してくれない。

　グッと押しつけられて、わざとらしくチュッと唇を吸うように音を立てて。

　気づいたら寝室に来ていて、ベッドの上におろされた。

　体がベッドに倒されている間も、キスが止まることはなくて。

「あ、き……せんぱ……っ」

「……ちゃんとキスに応えて」

　何これ何これ……っ。こんなの変だよ……っ。

　頭の中でブレーキをかけているのに、甘い刺激がそのブレーキを壊しにかかってくる。

　なんでいきなりこんなキス……っ。

　息の仕方1つわかんない。

　反対に先輩は、苦しそうな様子なんか全然見せない。

　酸素がどんどん奪われて、頭がボーッとしてくる。

「……息止めちゃダメだって」

「ぅ……ぁ……」

　無理やり口をこじ開けられて、もうされるがまま。

　唇が離れた頃には、息が上がって呼吸を整えるので精いっぱい。

「……どうして、こんなキス……っ」

　逃げ出したいのに体全身に甘い毒が回っているみたいに力が全然入んない。

「……杞羽が俺のこと避けるから」

「さ、避けてなんか……っ」

「俺のそばにいるのは嫌がるのに、木野クンとは毎日一緒にいるくせに」

　嫌味っぽさと、拗ねてるような口調が入り混じっている。

　先輩が珍しく感情的になっているような。

　でも先輩だって、女の人と一緒にいたじゃんか……っ。

　自分のことは棚に上げておいて、わたしだけに言うのは違うじゃん。

　それに、お互いそんな干渉し合う関係でもないのに。

　胸のモヤモヤがさらに増して、なんでかすごく苦しくなった。

　心臓をギュウッと握りつぶされているような感覚。

「別に、わたしが千里といたって先輩には関係な――」

「関係なくない……でしょ」

　今度は、とびきり優しいキスが落ちてきた。

「……俺の杞羽なのに」

「っ……」

　独占欲みたいな言葉に惑わされて、うまく落ちて抜け出せなくなりそう。

「杞羽のこと……もっと欲しいって言ったらどーする？」

　先輩が自分のネクタイに指をかけてゆるめる仕草にす

ら、クラッとくるなんておかしい。

「ぜんぶ……俺のものになったらいーのに」

こんな先輩知らない──。

同時に、さっきまでの慣れているキスに悲しくなった。

誰にでもこんなことして、きっと気持ちがなくてもできてしまうんじゃないかって。

こうして触れるのが、甘いキスをしてくるのが、ぜんぶわたしだけだったら……。

あぁ、やだ。これじゃ、わたしだけのものでいてほしいって、独占欲みたいじゃん。

「ねー……杞羽」

耳元で囁かれる甘い声。

「……もっと、していい?」

心臓がキュウッて縮まった。

ずるいずるい、なんでそんな求めてくるの。

「もう……しちゃ、ダメ……です……っ」

わずかながらに残っていた正常な理性が、なんとかブレーキをかけた。

なのに、それを壊すように。

「……なんで?　俺はもっと杞羽が欲しいのに」

グラッグラに揺さぶられて、わたしの心を簡単に奪ってしまうくらいの甘い言葉。

「こ、こんな甘いの、嫌です……っ。お、おかしくなっちゃうから……っ」

あぁ、もう何を言ってるんだろ。

甘いとか、おかしくなっちゃうとか。

なんでか瞳にジワリと涙が滲んで、そのまま先輩を見つめると——。

「……おかしくなればいいじゃん」

今度は不意打ち……じゃない。

スローモーションみたいなキス。

とっさに顔を背けたら唇は触れなかったのに——避けられなかった。

唇と唇の触れ合う熱が、理性をどんどん奪っていっちゃう……せいにしたい。

「……杞羽の唇って甘くてずるいね」

「っ……」

ずるいのは先輩のほう。

わたしのことなんとも思ってないくせに。

どうせ、わたしみたいな年下には興味がなくて。

年上で、美人で、スタイルがいい——そんな人が好みのくせに。

「……キスってこんな気持ちよかったっけ」

唇を奪ったまま離してくれない。

ない力で迫ってくる先輩の胸板を押し返すけど、もうそんなの抵抗になってない。

でも、息が続かなくて苦しい。

「……っ、ぅ……待って」

先輩の制服のシャツをクシャッとつかむけど。

「……苦しい？」

　離してくれないし、キスしたまま器用に唇を動かして喋るから。

　もう無理って意味を込めて、ゆっくり目を開けて首を横に振る。

　すると、離れるのを惜しむように、わざとチュッてリップ音を立てて離れた。

　でも、お互いの息がかかるくらい顔が近い。

　ピクリと動いてしまったら、また唇が触れちゃいそう。

「……止まってほしい？」

「止まって……くれなきゃ、困り……ます」

「んじゃ、俺の言うこと聞く？」

　今ここで聞かないって言ったら先輩は止まってくれないと思う。

「き、聞けることなら、聞きます……から」

　従順すぎるんじゃないって思ったけど、今ここで聞くっていう以外の選択肢なんてない。

　先輩も、わたしがイエスと言うのをわかっていたかのように、片方の口角をクイッと上げて笑った。

「んじゃ、前みたいにちゃんと俺の部屋に来て」

「へ……っ」

「朝起こしに来て、俺が寝るまでそばにいて」

　わがまま、すっごくわがまま。

　ようは、今までどおり朝起こすことから始まって、先輩が寝るまでずっとそばにいろってこと……でしょ？

　わたしが断らないからって、強気なわがまま。

「拒否するなら——このまま杞羽のこと抱いちゃうよ」

　本気だよって意味で首筋にキスを落として、そのまま噛みついた。

「やっ……、いた……いっ」

　ちょっとくらい加減してくれたらいいのに優しくない。

「こんなんで痛がってたらさ」

　チクッとして、体に電気がピリッと走ったみたいで。

「……キスより先はもっと痛いかもよ」

　また唇に落としてくるキスは、反対に優しくて甘い。

　このまま流されたらぜんぶ先輩のものにされちゃう。

　気持ちも、体も……。

「わかり……ました……っ。先輩の言うこと、ちゃんと聞きますから……っ」

　甘い熱に侵されすぎて、体がおかしくなっちゃう前になんとか制止をかけた。

「……んじゃ、今日からちゃんと聞いて」

　結局、この日から先輩の言いなり。

　今まで千里に迎えに来てもらって、実家のほうに帰っていたけど、それをやめることにして。

　前みたいに……ううん、前よりもっと。

　先輩のわがままに振り回されてばかりだ——。

こんな欲張り知らない

　数日前──先輩の部屋で迫られて、結局離れるどころか前より一緒にいる時間が長くなった。

　前は朝起こすのなんて、そんな意識していなくてフツーにできていたことなのに。

　いつもみたいに合鍵を使って中へ入り寝室へ。

　わたしが起こしに来るまでぜったいに起きてくれない。

　その理由が──。

「あ、暁生先輩……、起きてください……っ」

　まだ眠っているはずの先輩の体を揺すったら腕をつかまれて、あっという間に先輩の腕の中。

　これだけで、わたしの心臓はバクバク。

　この前のキスのせいで、一気に先輩を意識するようになったせい。

　スウスウと耳元で聞こえてくる寝息。

　でもこれは寝てるんじゃない、ぜったい起きてる。

　わざと寝たフリをして、うまくベッドに引き込んでくる。

　もうやだ。耳元にかかる息がくすぐったいし、腰のあたりに回っている先輩の手が動いて体を撫でてくるし。

「寝たフリしないで、ください……っ」

「……してないよ」

　ほら、イジワルそうな声が降ってきた。

　起きているのに、わたしの反応を愉しむみたいに遊んで

るから。

「起きなきゃダメです。あと、体とか触っちゃダメ……です」

「触っちゃダメなの?」

　ダメって意味を込めて、両手で力いっぱい先輩の体を押し返してみる。

「少し前まで俺のこと誘惑してたくせに」

「……っ?」

「まあ、熱あったから意識が朦朧としてたんだろうけど」

　熱……?　意識が朦朧?

　それっていったい、いつの話……?

「……大胆な杞羽チャン可愛かったのに」

　クスッと笑って唇の横スレスレにキスをしてきた。

「……ほんとは我慢するつもりだったけど、我慢する意味とかわかんないしね」

　そんなことを言ってくる先輩の意図は読めない。

　かわりに心拍数がどんどん上がっていくだけ。

　お昼休み。

　いつもどおり沙耶とお弁当を食べていたら。

「んで、杞羽さん。わたしに何か報告することは?」

「へ……っ、報告……とは?」

　沙耶が『何かあったんでしょー、お見通しですけど』って顔をして聞いてくる。

「最近またマンションのほうに戻ったんでしょ?」

「う、うん……」

「んで、春瀬先輩にいろいろされちゃったと」

「うん……んん!?」

　なんか話の流れでフツーに肯定（こうてい）しちゃったじゃん……!!

「いろいろされちゃったんだ?」

「い、いや……っ、されてない、から……!」

「杞羽ってほんと嘘がへただよね〜。ってか、キスマーク
また増えてるじゃん」

「へ……っ!?」

　うぬっ……。この前、首のあたりがチクッとしたと思っ
たけど。

「もう言い逃れはできませんよ?」

「い、いや……何もされてな──」

　頭の中に先輩との甘すぎるキスがボンッと浮かんで、簡
単に体温が上がる。

「ほーんとわかりやすいね。何もされてないとか言いなが
ら顔真っ赤じゃん〜」

「うぅ……っ」

「まさかもう付き合ってるとか?」

「違うもん……。先輩には、美人でスタイルボンボンな彼
女いる……もん」

「ほーう。でも、杞羽だって結構いい体してるじゃん?」

「いやいや、先輩とかぜったい美人で胸大きい人じゃない
と相手しなさそう……だもん」

　めちゃくちゃ偏見（へんけん）だけど。

　わたしのこと好きでもないくせにキスしてくるなんて、

ただの女たらしみたいじゃん。

　わたしみたいなお子ちゃまは遊びで、本命はスタイル抜群の美女……的な。

　はぁぁぁ、ほんとに嫌だ、落ち込んじゃう。

　こんなに先輩のことでいっぱいになってる自分が、どうしようもない。

「でもさー、春瀬先輩は好きでもない子に手は出さなそうに見えるけどね」

「この前、美人と歩いてたのに……？」

「ほら出た杞羽のヤキモチ」

「だ、だからそれはちが……」

「ほんとはもう好きで落ちてるくせに～」

「うぬ……っ」

　ヤキモチとか、好きとか、落ちてるとか。

　もうぜんぶ認めざるを得ない……みたいな。

　好きになってもいいことないのに。

　気づいたら抜け出せないところまできてる……かも。

　先輩は自由で自分勝手でデリカシーないし。

　でも、ドキドキさせるのがうまくて、気づいたら先輩のペースにはまって、一緒にいるのが当たり前になって。

　忘れたくても忘れられないキスの感触。

　そばにいるだけで、触れられるだけで――どんどん意識して、気持ちが増していくばかり。

「そうかそうか～。まあ、杞羽が落ちるのも無理ないよ。それなら今すぐ落とし返すしかないじゃん？」

「お、落とし返す……？」

「決まってんじゃない。これだけ好き勝手やられてるんだから春瀬先輩には責任とってもらわないと〜。だから杞羽の魅力で落とし返せば見事付き合ってハッピーエンドみたいな？」

　えっ、いやいや無理でしょ。

　そもそもわたしに魅力ないし、先輩はからかってるだけで本命いるし。

「ここで引いてちゃダメだって！　攻めるしかないでしょーが」

「せ、攻める……とは」

「んなもん、好きです先輩キスしてください！くらいの勢いで飛びつきなさいよ」

　沙耶に相談……というか、打ち明けたのが間違いだったかもしれないとか思っちゃう。

「そんな積極性ないもん……」

　それに、先輩に彼女いるのか謎だし。

　前はいないって言ってたけど、どうせあの美人が彼女みたいなオチなんだろうけどさ……。

　変に期待するだけ無駄だって、何度も言い聞かせると同時に。

　これからはあんまり意識しないようにして、そばにいる時間を少しでも減らさないと。

　なんて思っていたのに――。

「えっ、あっ……嘘」

　今日は沙耶と散々遅くまで遊んで、夜の7時をすぎた頃にマンションについたのはいいんだけど。

「か、鍵がない……」

　なんと部屋の鍵を学校に忘れてくるという悲劇。

　キーケース丸ごと置いてくるって間抜けすぎる……。

　学校はもう閉まっているだろうから、取りに戻れないし。

　しかも、よりにもよってキーケースにつけていない先輩の部屋の鍵は持っているという。

　先輩の晩ごはんを作ったら急いで電車に乗って実家に帰るしかないかぁ……。

　でも最近、先輩に寝るギリギリまで部屋にいてほしいって言われているから。

　寝るのが早くて10時頃だとしても、そんな時間に制服姿で歩いてたらぜったいに補導されるし。

　こうなったら、今日は晩ごはんを作ったら早く帰らせてもらえるように頼むしかない。

　そして、ワケを話してみたらこれまた失敗。

「それなら俺の部屋で泊まればいーじゃん」

「え……っ、えっ、やっ、無理です……っ」

　晩ごはんをささっと作り終えて、相談してみたらまさかの返答。

　泊まればいーじゃんって……。

　先輩は今お風呂から出たばかりで、髪をタオルでわしゃわしゃ拭きながら、なんてことないって感じで言ってくる。

　さっきから先輩が近づくたびに、ふわっとシャンプーの香りがして、これだけでドキドキしてるわたしの心臓ぜったいおかしい。

「無理じゃないし。ってか、それなら帰す気ないんだけど」

　グッと腕をつかまれ、引き寄せられて──あっという間に先輩の香りに包まれた。

「う……あっ、……ぅ」

「どーしたの。そんなかわいー声出して」

　どうしたもこうしたもない……っ！

　ぜんぶ先輩のせいだっての……！

「や……っ、ちょっ、どこ触って……」

　腰のあたりにある手に力が込められて、さらに離さないように抱きしめられちゃう。

「泊まるって言わないと、もっと触っちゃうけどいーの？」

「ぅ……そんなの、ずるい……です」

　わたしもわたしで、はっきり嫌だって突き放せないのどうかしてる。

　またこうやって流されて、先輩の思うがままに遊ばれるだけなのに。

「……ずるいのは杞羽のほう」

　なんて言いながら、おでことか頬とか唇以外のところにキスを落としてくるから。

　それで結局ダメだって言えなくて。

　危険な一夜を過ごすことになってしまった。

「それじゃ、とりあえずお風呂入ってきたら？」

「ぅ……でも、着替えない……です」

　制服姿でそのまんま先輩の部屋に来てるから、着替えとかまったく何もない状態。

　というか、やっぱり泊まるなんてダメなんじゃ……って、いまだに葛藤していたりする。

「俺のシャツ貸してあげるから」

　そう言われて、だいぶ大きめのサイズの真っ白なTシャツが渡された。丈が長すぎるくらいのズボンも一緒に。

　と、とりあえず、何も起こるわけない……と邪念を払ってお風呂へダッシュ。

　ってか、付き合ってもない男の人の部屋に泊まるなんてそもそも常識的にありえないじゃん……。

　なんて後悔しても時すでに遅し。

　ささっとお風呂に入って出ると、着替えの上に置かれたバスタオルが目に留まる。

　先輩が用意してくれたのかな。

　警戒していたけど、何もなくてちょっとホッとした。

　先輩が普段着ているであろう、大きな白いTシャツ。

　自分の髪から先輩と同じ匂いがして、おまけにTシャツを着たら、もっと先輩の匂いに包まれて。

「ぅ……ダメだ、なんでドキドキしちゃうの……っ」

　胸に手を当てると鼓動があきらかに速い。

　ズボンを用意してくれたけど、正直Tシャツ1枚でワンピースになっているから、これでいいかな……と。

　洗面台のそばに置いてあったドライヤーを借りて、髪を乾かしてからリビングへ。

「……あれ、先輩いない」

　リビングはシーンと静まり返っていた。

　壁にかかる時計を見たら、もう夜の10時をすぎている。

　もう寝室で寝てるのかな?

　はっ……! というか、わたし今日ここに泊まるわけだけど、いったいどこで寝ればいいんだろう。

　ベッドは1つしかないし、別に布団があるわけでもなさそうだし。

　まさか、床でそのまま寝なよ的な?

　先輩なら言いそう。

　と、とりあえず寝室のほうに行って、せめてタオルケットくらい貸してもらえないか頼んでみないと。

　寝室に行ったら、ベッドに横になっている先輩を発見。

　目を閉じてスヤスヤ寝ている。

　部屋全体は暗いけれど、ベッドのそばにある灯りがぼんやりついているおかげで寝顔がよく見える。

　ベッドのそばにしゃがみ込んで少し顔を近づける。

　整っていて、かっこいい──素直に思った。

　先輩の顔立ちは完璧だってわかっていたけど、寝顔まで崩れないなんて。

　薄暗いシーンとしたこの空間が、なんでか妙に緊張しちゃう。

　何も起こるわけない……と思っているし、起こっちゃい

けないはずなのに。

　ほんのわずか……何か起こるんじゃないかって、微かに期待してるの意味わかんない。

　今この瞬間——先輩を独占してるのは自分なんだって。

　甘い言葉も、囁きも。甘い顔も甘いキスだって、触れるのだって——ぜんぶ、ぜんぶ、わたしだけのものになったらいいのに……。

　どんどん欲張りになっていく。

　触れちゃダメって理性は正常なはずなのに、手が自然と先輩に伸びてしまう。

　サラッとした髪にそっと触れた。

　いま目を覚まされたら、なんて言い訳しよう……？

　もし今、顔を見られたらぜったいイジワルされる。

　それに、自分でもどんな顔をしてるのかわかんないから、余計見られたくない。

　だから今すぐこの手を引いて、距離を取らなきゃいけないのに。

　こんな欲張りな自分知らない——。

「……なーに、杞羽チャン」

　うわっ……お、起きて……る。

　気づいたら、さっきまで閉じていたはずの瞳がバッチリわたしをとらえていた。

　口元をキュッと結んで、手に少しだけ力が入る。

　ど、どうしよう……っ。

　この状況だと、わたしが先輩に触れたくて触れてる……

ようにしか見えない。

「ナ、ナンデモナイ……デス」

「……嘘はよくないね。もしかして誘ってる？」

　危険に笑ったその顔は——きっと、何をしてもわたしが拒否しないって確信してる。

「誘ってない、です……」

「……そんな格好してよく言うね」

　わたしの腕をつかんだまま、ゆっくり体を起こして今度は強く腕を引いてきた。

　グラッと揺れた体を支えるために、ベッドに膝をついて先輩の肩に手を置く。

　少し下に目線を落としたら、間近に先輩の整った顔。

「……こんな薄いシャツ1枚で」

「だ、だって貸してくれたのこれだけ……だったじゃないですか……っ」

「下も貸したけど？」

「Tシャツすごく大きいから、ワンピースになるかなって」

　思ったことを素直に言ったら、腰に回っている手が下に動いて太もものあたりを軽く撫でてきた。

「そーゆー格好ってさ、見えるか見えないか絶妙なラインだからそそられんの、わかる？」

　おまけにTシャツの裾を捲り上げて、そのまま手が中に入ってくるから。

「……やっ、何して……っ」

　肩に置いている手に力が入って、同時にダメだって意味

を込めて押し返す。

「……肌やわらかい」

「っ……」

ブワッと熱が上がってくる。

触れられてるところが熱を持って、それが伝染するみたいに広がって——あっという間に顔も体も熱くなる。

「声……我慢しなくていーよ」

やだ、ほんとにやだ。

こんな流されてばっかりで、されるがままになっちゃうのが。

なのに先輩の触れてくる手が、なんでか気持ちよくて抵抗できない。

変な声が出そうになるのを抑えるのに必死で、思わず片方の手で口元を覆った。

それに気づいた先輩は——。

「そんなに我慢したいなら……手伝ってあげよーか」

フッと笑った顔が見えたと同じくらい。

手があっさりどかされて塞がれた唇。

「……んっ……ぅ……っ」

とっさのことにびっくりして、わずかに声が漏れてしまった。

「……かーわい」

何度も何度もチュッと音を立てて、離れたりくっついたり繰り返しのキス。

今度は唇にまんべんなくキスを落とす。

たまに唇をやわく噛んで。

少しずつ動く唇の動きのせいでクラクラして。

「……んぁ……っ」

体がピリピリするし、腰のあたりがたまにピクッと動いちゃうし。

苦しいのに心地いいキスと、触れてくる手が——なんでか嫌いになれない。

「……もっと甘い声出して」

「……っ、もう……やめ……んん」

キスから逃げたいなんて、そんな気持ちどこにもない。

なのに、胸のどこかで先輩の気持ちがどこにあって、なんでこんなことするんだろうって引っかかる。

これがぜんぶ、わたしだけならいいのに。

他の人にもこんなふうに触れたりするの、甘いキスしたりするの……？

「……俺の余裕、どんどん奪ってよ」

ずるい、ずるい、ずるい。

奪えるものなら奪いたいのに、こっちが奪われてばっかりなのが悔しい。

「もっと……杞羽で満たして」

ドサッと体がベッドに倒された。

上に覆いかぶさって頬を両手で包み込んで、またキスをしてきた。

「……ちゃんとキスに応えて」

どう応えたらいいかなんてわかんない。

　先輩以外の男の人を知らない。

　ぜんぶ先輩が初めてで。

「応え方……わかんない、です……っ」

「こーゆーこと、したことないの？」

「ない……です……っ」

　先輩と違って経験があるわけじゃないし、キスの1つで
いっぱいなのに。

「……ふーん。んじゃ、俺がぜんぶ教えてあげる」

　そんな惑わすようなこと言わないで。

　わたしだけに向けられる言葉じゃないのに、いちいち心
臓がうるさくなるのほんとに嫌。

　流されたら……いいことない、自分が傷つくだけ。

　特別になりたいって思うわがままな自分、欲張りな自分
なんて知らない……。

「やだ……っ。先輩には教えてもらいたくない……っ」

　気づいたら、いつもより強い力で先輩の体を押し返して
いた。

　違う……。こんな甘いことされるのは教えてもらうのは
先輩がいいのに。

　わたし以外の女の子を知ってる、慣れてる先輩にこんな
ことされるのがどうしても嫌だって思っちゃう……。

　わたしだけが……特別だったらいいのに。

　そうしたら、こんな気持ちになることなんかないのに。

魅力的でかなわない

「ほーう。ついに一線を越えてしまったか」

「キス……されただけ、だもん」

　放課後。教室に残って沙耶に最近のことを相談。

「本格的にハレンチ杞羽ちゃんになったね」

「だからその呼び方やめてってば……」

　こっちは真剣に悩んで相談してるのに。

　結局、鍵を忘れて先輩の部屋に泊まった日。

　わたしが拒否したことで、先輩は触れるのをピタリとやめた。

　しかも何も言わずにわたしから離れて。

　甘いムードから一変。

　残ったのは虚しさだけで。

　1人でぼんやりしながら肌に触れるシーツはとても冷たいのに、唇には正反対の熱が残っていて。

　同時に、先輩の匂いでいっぱいになっているベッドで目を閉じたら、なんでかわかんないけど泣けてきた。

「それでまたしても春瀬先輩のことを避けてると」

「うぅ……」

　だって、どんな顔して会ったらいいかわかんないし。

　だから、前みたいに先輩の部屋には行ってなくて数日がすぎて今に至る……みたいな。

「なんかこじれてんねー。春瀬先輩も何を考えて杞羽に手

出してるんだか」

「遊び……とか」

「遊びなら体の相性いい人とかに手出しそうじゃん」

「そんな大人な発言ここでしないでよぉ……」

　なんか地味にグサッときたし。

　ようはわたしに魅力がないってことでしょ……？

「だって、春瀬先輩って女の扱い慣れてそうじゃん？　そ
れこそちょっと年上の美人とか好きそうだよね」

「うぅ……」

「実際、少し前にそれらしき美女と歩いてたわけだし」

　なんだか傷口に塩をベタベタ塗られている気分……。

「塩が染みるよ沙耶さん……」

「なーに言ってんの。わたしが言いたいのは、そんな選び
放題の春瀬先輩が杞羽に手出してるってことは、少なから
ず興味があるからでしょー？」

「からかわれてるだけ……だもん」

「いやー、そもそも自分から攻めるタイプでもなさそうだ
し。春瀬先輩ってなんもしなくても女とか寄ってくるだろ
うし。もういっそのこと好きだって伝えちゃえば？　それ
でダメなら千里くんに逃げるとか」

「振られるのわかってるもん。あと千里はただの幼なじみ
だもん」

「当たって砕（くだ）けろとか言うじゃん？」

「砕けたら修復不可だよ……」

　自分にもっと自信があったらいいのに。

　少しでも顔が可愛かったり、スタイルがよかったら自信につながるのに。

　沙耶と教室で別れて下駄箱へ。
　ローファーに履き替えて外に出てみたら。
　……うわ。なんでこのタイミングで。
　しかも、こんな場所でバッタリ会うなんて。
　手に持っていたカバンを握る手に力が入る。
　気づかないフリをして、何も喋りかけずにそのまま立ち去っていくか。
　でも、目の前にいる――暁生先輩とバッチリ目が合ってしまったから。
　うぅ……ひたすら気まずい。
　この前のことがあってから、もう自然に接することなんてできるわけない。
　先輩も何を考えているのかさっぱりで、考えが読めないからほんとに困る。
　気まずさに耐えきれなくなって思わず地面に目線を落とすと。
「……ひっ、な、なんですか」
　目を合わせるように、先輩が急に顔を覗き込んできた。
　そのせいで思わず体が少し後ろに下がる。
「……なんで俺のこと避けてるの？」
　そんなの聞かれても困る……っ。
　先輩にとって、わたしとのキスなんて全然なんともない

わけで。

　でも、わたしにとっては心臓がおかしくなっちゃうくらい、唇にずっと感触が残り続けて……。

　逆にこっちが聞きたい——なんでキスしたのって。

　先輩は好きでもない相手に、こういうことができちゃうの……？

「……俺に触れられるの嫌ってこと？」

「嫌……って、言ったらどうしますか……っ？」

　少しだけ仕掛けてみた。

　これで少しでもわたしのことを気にかけてくれたらいいのに。

「……やだよ。俺、杞羽に触れられないと死んじゃう」

　こんな甘いこと言われて。

　結局、自分だけがどんどん先輩の虜になって、抜け出せなくなる。

　ほんとに悔しい。わたしばかり気持ちが強くなっていく。

「……キス」

「へ……っ？」

　急に発せられた単語にびっくりしたせいで、めちゃくちゃ間抜けな声が出た。

「したのが嫌だった？」

「っ……」

「もし杞羽が嫌だったなら謝る。ごめんね」

　まさか謝ってくるなんて。

　でもこれは、わたしをうまく騙すために、その場しのぎ

の言葉を並べてるんじゃないの……？って思っちゃう。

　別に好きでもないのに軽く手出してごめんって？

　それなら謝ってほしくなかった。

　余計虚しくなるだけだから。

　って、わたしめちゃくちゃひねくれてる……。

「だから——俺のそばから離れないで」

　なんでなんで……？　そこまでわたしにこだわる理由がわかんない。

　ちゃんと言葉にして、気持ちを伝えてくれないと嫌だって思うのは、わがままなのかな。

　結局、先輩の言葉に何も返すことができなかった。

　呆れてそのまま帰ってくれたらよかったのに。

　なぜか一緒に帰ることになってしまった。

　ようやく下駄箱から出て門のほうへと並んで歩くけど、とくに会話なし。

　なんでこんなこじれちゃったんだろう。

　わたしも気持ちを伝えなくて悪いところもあるけど、それ以上に好きでもない相手にキスをする先輩のほうがもっと悪い。

　目線はずっと自分のローファーに落ちたまま。

　きっと、このままマンションにつくまで、この状況は変わらないと思った。

「あっ、暁生いた〜」

　この声を聞くまでは——。

　その高いキレイな声を聞いて、反射的に顔が上がる。

　そして、目の前に飛び込んできた光景。

「やっと出てきた〜。待ってたよ〜」

　ゆるっと巻かれた明るめの髪が揺れて。

　白くて細い腕が、先輩の首に回って——抱きついてる。

　胸が嫌なくらいざわついた。

　この女の人——前に先輩と一緒にいた人……だ。

「……なんで菜津がここにいんの」

　お互い下の名前で呼んで抱き合うなんて、どう考えても

２人の仲は知り合い程度のものじゃないってわかる。

「なんででしょうか〜？」

「はぁ……知らないし」

　若干、怒っているような呆れ気味な様子の先輩。

　菜津さんは、この前見たときと同じで、近くで見てもス

タイルがすごくいい。

　全身黒のコーデでまとめていて、そこから見える真っ白

の腕や脚。

　おまけに胸元がすごくあいてる服で、これはスタイルに

自信がないと着られない。

　大人っぽさ……というか色気がすごくて、モデルさんみ

たい。

　顔も整っているし体のラインとかぜんぶキレイ。

　２人の距離の近さに何も言えなくて、ただスカートの裾

をギュッと握ることしかできない。

「実はね〜、彼氏とケンカしちゃった上に浮気がバレちゃっ

てね。一緒に住んでた部屋から追い出されたの〜」

　う、浮気……。なんだかとんでもないワード……というか、聞き慣れないものが耳に入ってくる。

「はぁ……。だったら彼氏に謝ればいーじゃん」

「謝ってもダメだったもん」

　唇を尖らせてムッとしてる顔ですら、女のわたしでもドキッとしちゃう魅惑的な表情。

「それでなんで俺のとこ来てんの？」

「暁生ならわたしのこと理解してくれると思って。昔から何かあると助けてくれてたじゃん？」

　"昔から"──これを聞いて、一気に気持ちが底まで落ちた。

　わたしが知らない先輩を菜津さんは知っている。

　それを思い知らされたような気がして、心臓をギュッと握りつぶされたみたいに苦しい。

　同時に、さっき先輩がわたしに言っていたことがすべて嘘に見えてきてしまう。

　菜津さんっていう人がいるくせに、わたしに甘いことを言って触れて。

「わたしには暁生しかいないの。わかってよ」

「……それ聞き飽きたんだけど」

「だから〜、しばらく暁生の部屋に泊めて？　いま1人暮らししてるからいいでしょ？」

「いや、無理だし……」

　なんでか、若干気まずそうにわたしを見る先輩。

　あぁ、たぶんわたしがここにいるから遠慮してる……？

「もしかして隣にいる子、彼女とか～？」

　大きくてぱっちりした瞳がわたしをとらえた。

　こんな年上美人と、どこにでもいそうなフツーの女子高生のわたしと。

　どっちがいいって聞いたら、そんなの圧倒的に……というか比べるのも失礼。

「……いや、彼女ってわけじゃないけど」

　わかってる、わかってるもん……っ。

　わたしは先輩の特別じゃないし、彼女でもない。

　頭ではそう理解しているのに、いざ面と向かって言われたら胸がえぐられたように苦しくなる。

「へぇ。てっきり彼女ちゃんかと思った～。暁生ってこういう可愛い子が好み？」

　にこっと笑いながら、わざとわたしに見せつけるように先輩の腕にギュッと抱きついてる。

　これ以上２人を見たくないし、答えによって傷つくのが嫌だから──気づいたら、その場から逃げ出していた。

「はぁ……っ、はぁ……っ」

　全力で地面を蹴って。

　目から流れる涙はぜんぶ無視。

　心臓がバクバク激しく音を立てて、もうこれ以上は限界だって悲鳴を上げても足を止められない。

　何も考えたくない、さっきの２人を早く忘れたい。

　荒い呼吸、落ちつかない鼓動。

　マンションについて部屋に入った途端、扉にもたれか
かったまま、足元から崩れるように地面に座り込んだ。

「うぅ……やだ、何これ。いつの間にか先輩のことでいっ
ぱいじゃん……っ」

　気づいたら先輩のことが大好きすぎて、もう抜け出せな
い……。

好きとか彼女とか特別とか

　あっという間に7月に入った。

　1人暮らしを始めて早くも3ヶ月。

「はぁ、なんかややこしい展開になってきちゃったね」

「うぅ……」

　今日は急きょ沙耶の家に相談に行くことに。

　そこでこの前あった——菜津さんのことを話した。

「その年上美女は春瀬先輩の彼女だったわけ?」

「たぶん……。だって、すごく親しそうだったもん」

　わたしと先輩の仲は相変わらずで。

　菜津さんが現れてから数日間、先輩とは顔を合わせずに夏休みに突入。

　前に菜津さんが部屋に泊まるとか言っていたから、今もまだ先輩の部屋にいるのかな……とか。

　あぁ、やだやだ……。思い出したら泣きそうになる。

　ここ最近、1人で先輩のことを考えていると泣きたくなって勝手に涙が出てくる。

「目も腫れてるし、もしかして1人で悩んで泣いてたの?」

　前までの自分はこんなに弱くなかったのに。

「う……っ、こんなに苦しいのやだ……っ」

　涙がポロポロあふれて、止まりそうにない。

　こんなに涙腺ゆるかったっけ……?

　泣くわたしを見て沙耶は優しく抱きしめてくれた。

「つらかったらたくさん泣けばいいよ。吐き出したいこと あったら、ぜんぶわたしが聞くし相談にも乗るから。1人 で抱え込んじゃダメだよ」

　いろいろグルグル考えすぎて、ネガティブになるのがす ごく嫌。

　先輩に振り回されてばかりで、感情がものすごく忙しい。

　結局、沙耶の前でたくさん泣いてしまった。

　でも、たくさん泣いて話を聞いてもらったおかげか、少 しだけ気分がスッキリしたような気もする。

　それから、また数日がすぎた。

　気分を晴らすために、部屋のカーテンを開けて窓を全開 にする。夏の気温のせいで暑いし、入ってくるのは生ぬる い風だけ。

　力なくソファにドサッと倒れ込んで、真っ白の天井を 見上げる。

　ふと、先輩1人で大丈夫かな……なんて。

　わたしがいなくても平気なのかなって。

　今さらこんなこと考えるなんて、どこまでお人好しなん だろう。

　わたしが心配することでもないだろうし、そもそも避け ているのはわたしだし。

　散々先輩のことを考えて泣いたくせに、今になって急に 心配する気持ちが出てくるなんて。

　今までお世話をしていたのが嘘みたいに静かになって、

そこでさびしさを感じるって重症かもしれない。

　……って、そもそも先輩には菜津さんがいるから１人じゃない……か。

　もう考えるのはやめて、いい加減諦めちゃえばいいのに往生際が悪い。

　ふと、テーブルに目を向ければ雑に置かれた先輩の部屋の鍵。

　もう必要ないから返したほうがいいかな……。

　こんなのいつまでも持っているからいけないんだ。

　鍵を返したから先輩への気持ちがなくなるのかって言われたら、無理に等しいけど。

　わたしの中で勝手なけじめとして、鍵を返しに行くことにした。

　前はなんの躊躇もせずに開けていた隣の部屋。

　なのに、今は緊張しすぎて扉の前で固まったまま。

　いつもは鍵を使って勝手に部屋に入っていたけど、今日はきちんとインターホンを鳴らしたほうがいいような気がして。

　鍵をさすのをやめて、いったんインターホンを鳴らした。

「あ……っ」

　押したあとすぐに後悔した。

　何も言うことを考えていなかった。

　扉が開くまでドキドキして、体からブワッと変な汗が出てくる。

　でも、しばらくしても扉が開くことはなくて。

　出かけてる？　それとも寝てる？

　今の時刻はお昼前の11時。

　さすがにもう起きてると思うんだけども。

　扉のノブに手をかけて、そのままグッと下におろすと。

「え……っ、開いてる……」

　施錠されていなくて、あっさり開いた。

　鍵もかけずに出かけてるなんて無用心。

　……って、今はそんなことどうでもよくて。

　扉を自分のほうへと引き、中をそっと覗き込んだ。

　何も音はしないし、人の気配はなさそう。

　ここで、ふと少しの不安が頭をよぎる。

　ま、まさか……倒れてたりしない……よね。

　そんなことあるわけないのに、なんでか不安ばかりが大きくなっていく。

　少しだけ……部屋の中の様子を見てから帰ろう。

　もし仮に中に先輩がいたとしても、鍵を返しに来たって言えばいいから。

　いなかったら何も言わずに鍵をここに置いて帰ろうと思い、中に足を踏み入れた。

　真っ先に先輩がいそうなリビングに行ってみたけど、誰もいなかった。

　ってか、わたしがいなくてもちゃんとしてるじゃん。

　部屋の中はきちんと整理整頓されていて、全然散らかっていない。

　まるで、わたしがいなくても全然平気だって証明された

みたいで勝手に落ち込んだ。

　近くにあったガラステーブルの上に鍵を置いた。

　この鍵をもらったときは迷惑でしかなかったのに。

　今は手放すのが嫌だとか——そんなこと思っているなんてほんとどうかしてる。

　こんなことしている間にも、先輩が帰ってきて鉢合わせでもしたら気まずいから早いところ出ないと……。

　リビングを出て真っ直ぐ行けば玄関なのに。

　ある部屋の前でピタリと足を止めてしまった。

　扉を開けなきゃいいのに、なぜか気づいたら扉のノブに手をかけていた。

　ガチャッと音を立てて、そのまま中を覗いてみたら。

　ベッドの布団が少し山になっていて、誰か眠っているのがわかる。

　あぁ、やっぱりまだ寝てたんだ。

　鍵もせずに寝てるなんて無用心すぎるよって、再び心の中で思った直後——。

「……ん、暁生……？」

　鼓膜を揺らした声は、先輩のものじゃなかった。

　自分ってほんとついてない。

　そもそも部屋に行かなきゃよかったのに。

　鍵を置いてさっさと帰ればよかったのに。

　後悔ばかりが胸の中を支配して、同時に胸に抱えていたものがさらに重くなった。

「あきぃ……いないの〜？」

　甘ったるい声。誰かなんて顔を見なくてもわかる。

　だから、相手が気づいていないうちに早くここを去ってしまえばいいのに。

　全身が固まって、なんでか動けない。

　無理やり動かそうとすれば、体がついていかなくて。

「うわっ……」

　足がもつれて、そのせいでふらついて、地面に尻もちをついてしまう始末。

　うぅ……ほんとついてない。

「ん～？　暁生なの？」

　布団からガバッと出てきた——菜津さんと目が合ってしまった。

「え……？　あなただーれ？」

　寝起きのせいで声が眠たそう。

　不思議そうに首を傾げて、とろーんとした瞳でこっちを見てくる。

　無防備だけど、すごく色っぽくて女のわたしでもドキッとするくらい。

「あっ、えっと……」

　あたふたするわたしに対して、菜津さんは眠いのか体をグイーッと伸ばしてあくびをしてる。

「暁生に何か用事～？」

　急に現れたわたしにもっとびっくりするかと思ったけど、そうでもない感じで話しかけてくるからこっちが拍子抜けしちゃう。

「いや……えっと、とくに用事はない……です」

「ふーん、そう。ってか、あなたこの前たしか暁生と一緒にいた子だよね〜？　暁生と同じ学校なんだっけ？」

「あっ……同じ学校で、隣の部屋に住んでます」

　って、なんで素直に答えちゃってるの。

　するとベッドから出てきて、わたしが立っている寝室の入り口のほうへ。

「っ……」

　何この格好……。

　目の前の菜津さんを見て、思わず下唇をギュッと噛んでしまった。

　大きめの真っ白のシャツから見える、細くて長い脚。

　とても無防備で……でも、ものすごく色っぽくて。

　たぶんこのシャツ——先輩のもの……だ。

　男女が１つの部屋で、同じベッドで彼女がシャツを借りて寝ているなんて。

　いくらバカなわたしでも、この２人の間に何かあったことくらいわかる。

「へぇ、暁生と同じ学校で隣に住んでるんだ〜？　学生とか若くてうらやましい〜」

　なんて言いながら、わたしの横をすり抜けていった菜津さんからは、大人っぽい香水の匂いがした。

「あの……菜津さんは、学生さんじゃないんですか？」

　別に聞かなくてもいいのに、気になって菜津さんの後ろをついていって、そんなことを聞いてしまう。

「ん～、学生ではないかなぁ。だってもう今年で23だし～。
高校生からしたらおばさんとか言われちゃう？」

　軽く笑いながら冷蔵庫からフルーツが描かれた派手なピ
ンクの缶を取り出し、パカッと開けた。

　たぶんお酒……かな。

　というか、やっぱり年上だったんだ。

　わたしと7歳も違う、大人の女の人。

「23歳なんて、わたしからしたらすごく大人に見えてうら
やましい……です」

　きっと先輩は、菜津さんみたいな人が好みなんだと思う。

　大人だし包容力とかありそうだし。

　わたしとは正反対……。

「若い子にそんなふうに言われるなんてうれしいなぁ～。
暁生は容赦なくおばさんとか言ってくるから」

　すると、飲んでいた缶をテーブルの上に置いて「あなた
もよかったら飲む～？」なんて聞いてくる。

「あっ、でも高校生だからお酒はまだダメか～。ジュース
とか買ってあったかなぁ」

　ここにしばらく泊まっているような口ぶり。

　また胸がモヤモヤして、惨めな気持ちになってくる。

「たぶん暁生もうすぐ帰ってくると思うけど、よかったら
待つ～？」

「あの……ここに、ずっと泊まってるんですか……？」

　菜津さんの質問に答えずに、逆にこっちが質問を返して
しまった。

　こんなの聞いても、答えによっては自分の首を絞めるだけなのに。

「んー、そうね。ここ最近ずっと泊めてもらってるかも〜。彼氏に部屋から追い出されちゃったから」

　そういえば前に浮気がどうとか話していたような。

　それで先輩の部屋に転がり込んでるってこと？

　つまり……菜津さんにとって暁生先輩は都合のいいポジション的なやつ……とか。

　大人の世界ではこんなの当たり前のことなの……？

「わたし彼氏とケンカが絶えなくてね。だからいつも暁生に愚痴聞いてもらったりしてるわけ〜」

　菜津さんは別に先輩のことが好きじゃない。

　でも、先輩は菜津さんのことを放っておけないから、こうやって泊めてあげたりしてる……。

「そう……ですか。暁生先輩と付き合ったりしないんですか……？」

「ないない〜。暁生と付き合うとかありえないし〜」

　軽くあしらわれて、ものすごく気分が悪くなった。

　わたしがどれだけ想っても手に入らない先輩の気持ちを——この人は手に入れることができるのに。

　それをありえないって、簡単に否定されたのが悔しくて。

　でも、たぶんそれは、うらやましさが大半を占めているから。

　好きとか、彼女とか、特別とか。

　先輩にとって、どれもわたしには当てはまらなくて。

　でも菜津さんは望めば、それがぜんぶ当てはまってしまうんだ。

　いろいろ考え出したら頭がクラクラして、これ以上もう何も考えたくない。

　視界がどんどん涙のせいでぼんやりしてくる。

　２人の関係性が深すぎて、わたしの入る隙なんかこれっぽっちもない。

　こんなことになるなら好きにならなきゃよかった、どこかで気持ちの線引きをすればよかった。

「す、すみません。もう帰ります……」

「あら、もう帰るの？　暁生に用があったんじゃないの？」

　泣いていることを知られたくない……っ。

　涙を隠すように菜津さんに背中を向けて──。

「い、いえ……、何もない……です。ここに来たこと暁生先輩には内緒にしてください……っ」

　声の震えを精いっぱい抑えて部屋を飛び出した。

幼なじみはいつだってヒーロー

「はぁ……、もうやだ、ほんとやだ……っ」

　好きとか伝えていないのに、先輩への気持ちが一気に砕け散ったような気分のまま自分の部屋に戻る。

　もういいじゃん。これではっきりわかったから。

　先輩の気持ちは、ぜったいわたしのものにならないんだって。

　ポロポロ涙が止まらない。

　これ以上1人でいたらもっと泣いてしまいそうだけど、そばにいてくれる人は誰もいない。

　すると、絶妙なタイミングで部屋着のポケットに入れていたスマホが音を鳴らした。

　こんなときに誰……？

　ずっと鳴っているからたぶん電話。

　泣きすぎて鼻水止まらないし声はすごく変だし。

　出るのをやめようかと思った。

「……もし、もし」

　でも、画面に表示されている名前を見て、指が勝手に応答をタップしていた。

　極力、泣いていることがバレないように出たつもりだったけど。

『……はっ、えっ。どーしたんだよ!?』

　電話越しに聞こえる慌てた声。

「うぅぅぅ……っ」

『いや、どーしたんだよ！　なんかあったのか？』

「千里……ぉ……っ」

　電話をかけてくれたのは千里だった。

　心配そうにしてくれる千里の声を聞いたら余計に泣けて
くる。

　昔から千里の前では子どもっぽく泣いてしまう。

　だって、千里はわたしにとって幼なじみだけど家族みた
いな……お兄ちゃんみたいな存在で。

　口うるさいのがほとんどだけど、ぜんぶそれはわたしの
ことを心配してくれる優しさで。

『どうしたんだよ。落ちついて喋ってみろ。待っててやる
から』

「落ちつけない……っ、もうやだ無理……っ」

　高校生にもなってこんな泣き方していたら、いくら面倒
見がいい千里でも呆れちゃうかもしれない。

　なんて心配したけど。

『わかったわかった。んじゃ、今からお前のマンション行
くから待ってろ、な？』

　言葉どおり、千里はすぐにマンションに来てくれた。

「んで、何があったんだよ？」

　部屋に通して、リビングのテーブル1つ挟んで正面に千
里が座る。

　なんか取り調べされてるみたい……。

って、今はそんなことどうでもよくて。

「にしてもすげー顔だな」

「うぅ……こんな顔、千里にしか見せられないよぉ……っ」

　最強にブサイクすぎて、こんなの他の人に見せられない。

　鼻をズビッとすすって、目をゴシゴシ擦っていたら。

「ほら、いい加減泣きやめ。俺が来てやったんだから、話
ぐらい聞いてやる」

　近くにあったティッシュを取ってくれて、慰めてくれる
めちゃくちゃ優しい千里。

　口調はちょっと乱暴だけど、こうやってすぐにわたしの
ために駆けつけてくれるところは昔と全然変わんない。

「そんだけ泣くってことは彼氏とケンカでもしたのか？」

　あぁ、そうだった。

　千里には暁生先輩と付き合ってるって嘘ついてたんだ。

「……ぅ、それ嘘だもん……」

「はぁ？　何が嘘なんだよ」

「暁生先輩と付き合ってない……の」

「はぁ!?」

　どうしても家に帰りたくなかったから、とっさに思いつ
いた嘘だったことを説明する。

　先輩はただのお隣さんで、でも変に懐かれたせいで先輩
の部屋によく行って家事とかやっていたことも話した。

　ぜんぶ話し終えたら、千里は口をポカーンと開けたまま。

「いや……付き合ってないのはわかったけど。んじゃ、ア
イツなんで杞羽のことよく知ってるみたいなアピール俺に

してきたんだよ？」

「し、知らない……。たぶんテキトーなこと言ってただけ
だと思うもん……」

「しかもお前もなんで付き合ってもねー男の部屋にのこの
こ行ってんだよ。それで手出されたらどーすんの？」

「もう出されたもん……」

「はぁ!?」

　めちゃくちゃ大きな声で、テーブルにバンッと手をつい
て体を前のめりにしてくるからびっくり。

「はっ……だ、だから前に俺がここに来たとき、杞羽の体
のことよく知ってるとかふざけたこと言ってたのかよ、あ
の野郎！」

「キスされただけ……だもん。そんな大人な世界はわかん
ない」

「はぁぁ……なんでキスされてんだよ」

　マジかよって顔をして、ため息が止まらないみたいで頭
を抱えちゃった千里。

　こんなことして、呆れてもう知らねーよとか言われたら
立ち直れない。

　なんだかんだ、わたしのことをいちばんそばで見てくれ
ていたのは千里だけだから。

　こんなときだけ千里の優しさにすがろうとする自分って
ほんとにずるいと思う。

「で、でも……先輩はわたしのこと本気じゃないから……。
本命いるもん」

「はぁ？」

「スタイル抜群の年上美女にはかなわないもん。胸もない
しスタイルもよくないもん、ぜんぶ負けてるもん……っ」

　千里を前にしたら、言葉にしなくていいこともボロボロ
出てきちゃう。

「つまり、あの男は本命がいるくせに杞羽にキスしてきたっ
てことかよ」

　さっきよりも盛大にため息をついて、ほんとどうしよう
もないなって本気で呆れてる。

「……ったく、俺のそばから離れてる間になんでそんなク
ズ男に落ちてんだよ。騙されてんじゃねーよ」

「だ、だってぇ……気づいたときには遅かったんだもん」

　ぐすぐす泣いて言い訳ばかりで、こんなんじゃ千里に見
捨てられそう。

　そう考えたらもっと泣きそうになる。

　すると、千里がイスから立ち上がった。

　あぁ、もうお前のこと手におえないって、ここを出ていっ
ちゃうんだ。

　そう思っていたのに──なんでか部屋から出ていかずイ
スをわたしの横に持ってきて、そのまま座った。

　そして、大きくて優しい手が頭をふわっと撫でた。

「わかったわかった。今はとりあえずお前の話ぜんぶ聞い
てやるし、泣きたきゃ好きなだけ泣け。それでさっさとスッ
キリしろ」

「うぅ、優しすぎるよぉ……っ」

「お前限定だよバーカ」

　涙でいっぱいの視界に映る千里の顔は、なんでかちょっと照れてるみたい。

「なんで……わたし限定なの？」

　なんとなく聞きたかった。

　でも、軽く聞いちゃいけないことだったのかもしれない。

「そりゃ、好きだから……だろ」

　好き……？　えっ、何が好きってこと……？

　あれ、空耳……？　それとも気のせい……？

　びっくりしすぎて、さっきまで止まらなかった涙が引っ込んでいっちゃった。

「……んだよ、そんな驚くかよ」

「え……あっ、えと……今なんて？」

「何回も言わせんな」

「だ、だって今……」

「杞羽のこと好きだって言ってんだよ」

　パニックになっているわたしを差し置いて、またさらっと口にした。

　この "好き" って──どういう意味……？

　幼なじみとして好き……それしか思いつかないけど。

　なんで今さらそんなこと伝えてきたんだろう。

「えっと……わたしも千里のこと好き……だよ？」

「いや、たぶん俺の好きとお前の好きはちげーから」

「違うって……？」

「俺はお前のこと幼なじみとしてじゃなくて──１人の女

として好きなんだよ」

　その直後、優しくて大好きな匂いに包まれた。

「……ち、さと……っ？」

　抱きしめられているせいで、ほぼ目の前に千里の体があって。

　同時にいろんなことに気づかされた。

　わたしを覆ってしまうくらいに大きくなった体とか。

　男の人って感じの腕とか、体つきとか。

　意識していなかっただけで、千里は昔と全然違って、"男の子"じゃなくて、"男の人"になっていた。

「つーか、こんだけわかりやすく杞羽のことだけ守ってそばにいたのにな」

「それは幼なじみだからじゃ……」

「バーカ。幼なじみよりも、お前のこと大切で好きだからそばにいたいんだよ」

　珍しくストレートにかっこいいこと言ってる。

　いつもだいたいかっこいいこと言うときは、照れて言えないくせに。

　なのに今は堂々として言葉に迷いがない。

「うぅ、いきなりそんなこと言われても困る……っ」

　ただでさえ先輩のことで頭がいっぱいで、キャパオーバーなのに。

「いや、俺だって言うつもりなかったし。杞羽は俺のこと恋愛対象で見てねーのわかってたしな」

「だ、だったらなんで……」

「お前が好きで付き合ってる相手がいて、それで幸せなら俺は何も伝えずに引くつもりだったけど。お前泣いてんじゃん、苦しがってんじゃん」

「っ……」

「俺は杞羽のこと誰よりもわかってる。なんなら泣かせないし、幸せにできる自信あるから。だから、お前が幸せだと思えなくて苦しい思いしてるなら俺は引く気ねーから」

　抱きしめる腕に力が込められた。

　こんなに想ってくれる人がそばにいるのに。

　千里を選べば、ぜったい大切にしてくれるし、不安になることも泣くこともないのに。

　痛いくらいに、この想いが伝わってくるのに。

　わたしの心はぜったいおかしい。

　千里への気持ちよりも……先輩への気持ちのほうが強いなんて。

　逆になんで先輩じゃなきゃダメなのかって聞かれても、はっきり言い表せられるものがない。

　ただ……すごく好きで好きで仕方がなくて──。

「俺を選べよ……杞羽──」

　体が少し離れて、千里の顔がどんどん近づいてきて。

「……っ、ダメ……」

　唇が重なる寸前で、自分の手で口元を覆って抵抗した。

　最低だってわかってるけど、ここで拒まなかったら、どちらも傷つくだけだと思ったから。

　きっと優しい千里のことだから、わたしの嫌がることは

ぜったいにしない。

　もしかしたら、抵抗しなくてもキスしてこなかったかも
しれない。『ちゃんと拒否れよ……バーカ』とか言って、
軽く笑ってくれそうな気がして。

「ち、千里、ごめん……ね。わたし千里のこと好きだけど
……。こ、こういうことは、暁生先輩以外にはされたくな
い……っ」

　わたしの瞳に映る千里はひどく悲しく笑っていた。

　こんな表情は初めて見た。

　傷つけた……一瞬でそう理解した。

「……だと思った。お前って昔から自分の嫌なことは、はっ
きり嫌だって相手に伝えるもんな」

　けっして強引に攻めてくるわけでもなく、そっとわたし
から距離を取った。

「今なら杞羽が少しでも俺のこと意識して、俺を頼ってく
るかもしれねーって思ったけど、それは違うよな」

「っ……」

「ごめんな、急に困らせるようなこと伝えて」

「なんで……千里が謝るの……っ」

　むしろ謝らなきゃいけないのは、自分勝手なわたしのほ
うなのに。

「お前が泣くから。たぶん今アイツのことで頭いっぱいに
なってんのに、俺が好きだって伝えてもっと混乱させてん
のかなって」

「うぅ、そうだけど……っ」

「だろ？　俺は誰よりも杞羽のことわかってる幼なじみだからな」

　無理した笑顔を貼りつけて笑ってくれてるのは、千里の優しさだと思う。

「最後にちゃんと伝えとくけど。杞羽への好きって気持ちは本物だからな。ただ、俺が一方的に想ってるだけで、変に気遣って気持ちに応えなくちゃとか考えんなよ？」

「……うん」

　わたしが悩まなくていいように、ぜんぶわかりやすく言葉にして伝えてくれる。

「俺はお前のそばにいてやることしかできねーし、他になんもしてやることできねーけど。なんか困ったときはぜったい助けてやるから。──幼なじみとして」

　いつだって千里は、わたしにとってヒーローみたいな存在だ。

Chapter 4

こんなに好きなの嫌だ

　　まだ夏休み中の８月上旬。

　　なんの前触れもなくインターホンが鳴った。

　　宅配便かと思って急いで玄関の扉を開けてみれば。

「お久しぶりー。元気してた？」

「えっ、どうしたの沙耶」

「いきなり突撃してみた〜。この前ウチに来たときめちゃくちゃ泣いてたから大丈夫かなーと」

　　あぁ、そういえば夏休みが始まったくらいのときに沙耶の家に行って先輩のこと相談して泣いちゃったんだっけ。

「元気にしてるか心配になったからさ。春瀬先輩のことでウジウジしてるんじゃないかなーってね」

「ウジウジって……別にしてないもん」

「それじゃー、春瀬先輩のことはもう諦めたって解釈でよき？」

　　なんて言いながら、遠慮なしに部屋の中に入ってくる。

「……」

「なーに、その無言は」

「好きだけど……。叶わない……から」

「よし、じゃあ新しい恋を探すって意味で気晴らしに今日はパーッとはじけちゃいますかー」

　　肩に下げている結構大きめのカバンをソファのそばにドンッと置いた。

「はい、ここのソファに座って〜」

　言われるがまま座ると、沙耶のカバンの中から大きくて膨れているポーチが3つ出てきた。

　そして、ポーチの中から出てくるいろんなコスメたち。

　テーブルにポンポン並べられていく。

　えっ、えっ、これは何事？

「うわっ、いきなり何!?」

　沙耶がわたしの前に膝立ちになって、急に前髪をバサッと束でつかまれてピンでガシッと留められた。

「はいはい、動くとうまくできないから〜。ちょっと目つぶってね」

　ギュッと目を閉じると、いきなり顔にブシュッと何かかけられた。花のいい匂いがする。

　沙耶が慣れた手つきで肌になじむように伸ばしている。

「うぅ、これ何……っ」

「メイクする前には肌を潤さないとねー」

「なんでメイクなんかするの」

「切り替えも大事だっていうじゃん？」

「は、はぁ？」

　いったいなんのことなのかさっぱり。

　結局、されるがままに進められる。

　ベースが完成して、ちょっと派手なピンクのアイシャドウを目元に軽く入れてもらった。

　チークはほんのり入れるほうがいいとか。

　まつ毛はビューラーでしっかり上げて。

　最後に青みピンクのマットなリップと、その上にグロス
を重ねて……。
「はい、完成〜」
　わたしの顔をジーッと見て満足そうにうなずいている。
「えっと……これは」
「あとは着替えるだけね」
「うぅ、だからこれ何ってば……っ！」
　髪はアイロンでしっかりカールがかけられて、崩れない
ように軽くワックスをなじませて。
「あっ、服は子どもっぽいのはNGね。女の子らしい可愛
いのがいいかも」
「お願いだからわたしの話も聞いてよぉ……」
「クローゼットどこ？　服も選んであげるわ」
　もはやわたしの声なんて聞こえてないものとされている
みたい。
　おかまいなしにクローゼットをガサガサと漁られて、沙
耶に着なさいって言われたものに着替えをすませた。
「んー、よしよしバッチリー！　いつもの杞羽よりだいぶ
大人っぽい感じになってるじゃん」
　沙耶の言うとおり、全身鏡に映る自分はいつもより何倍
も大人っぽく見える。
　……って、だからなんでこんなことになっているのか、
いい加減説明が欲しいんだけど！
「おっと、こうしちゃいられない。そろそろ出ないと約束
に間に合いそうにないね」

「いや、約束って……」

「あっ、靴とかちゃんとヒールあるやつ履くことね」

　なんだ、ぜんぶ無視じゃん。

　とことん無視してくるじゃん。

　マンションから連れ出されて駅のほうへ。

「沙耶ってば、どこ行くの……っ！」

「んー？　カラオケカラオケー」

「カラオケ？」

　それならこんなに気合い入れてメイクしたり髪巻いたりする必要ある？

　ボケッとそんなことを考えながら、店内に入ってなぜか受付をスルー。

「えっ、部屋とか取らなくて……」

「いーのいーの。もう始まってるだろうから」

　は、始まってる？　え……いったい何が始まってるの？

　階段を上って、いちばん奥の角部屋。

「さーて、今からこの場を楽しむこと！　いいわね？」

「えっ、ちょっ……まっ──」

　沙耶がバーンと扉を開けて、中を覗き込んでみたら全然知らない男女が何人かいる。

　え、何これ何これ。入る部屋を間違えたんじゃ……。

「さ、沙耶これ何……っ！」

「何って合コンよ」

「ゴ、ゴウコン……？」

　聞き慣れないワード。理解するのに数秒かかって、その

間に沙耶はわたしの手を引いて部屋の中へ。

「梨花～！　遅くなってごめんね！」

「いいよいいよ、ぜーんぜん大丈夫！　今始まったところだし～？」

　いやこの子、誰だし！

　なんかフツーに挨拶してるけど沙耶の知り合い？

「あっ、その子が杞羽ちゃん？」

「そーそ。どう、可愛いでしょ？」

「さすが沙耶が推してるだけの子だね～！　めちゃくちゃ可愛いよ～！」

「でしょでしょ～？」

　な、なんか、とんでもない場所に連れてこられちゃったやつじゃん。

　まわりを見たら、男女合わせてザッと10人くらいいる。

「ちょっと、沙耶……っ！　なんで合コンなんて連れてきたの……！」

「決まってんじゃない、春瀬先輩を諦める手段のうちのひとつよ。いつまでも落ち込んでるくらいなら新しい恋を探してみるのもありでしょ？」

「だ、だからって何もこんな急に……」

　沙耶に必死に話していると、何やら視線を感じてそっちのほうを見たら。

　えっ、うわ……嘘、なんで。

　ここにいるわけない──というか、いてもらうとかなり困る相手が目線の先に座っている。

「ちょっと待って沙耶……!!　なんか見覚えある人いるんだけど……!!」

　慌てて沙耶の腕をグイグイ引っ張って、相手に気づかれないように指を差して伝える。

「え、あらまあ。なんて偶然、春瀬先輩いるじゃん」

　これはパニックどころの話じゃない……!

　てっきり沙耶が仕組んだのかと思ったけど、セッティングしたのは梨花ちゃんだから、沙耶はほんとに何も知らなかったみたい。

　……って、これかなりまずくない……?

　さっき先輩めっちゃこっち見てたし、気づいてないわけないし。

　なんで菜津さんいるくせにこんなところにいるの。

「はーい!　じゃあ、全員揃ったんで自己紹介していきましょー!」

　梨花ちゃんの声がかかって、抜け出すチャンスを完全に逃してしまった。

　うぅ……もう空気と同化したい……。

　できるだけ目立たないようにして、端っこの席を確保してタイミングを見計らって抜け出そう。

　女の子はわたしと沙耶を含めて5人。

　男の子も同じ人数。

　そして、予想はしていたけど沙耶以外の子たちは、ほとんどが暁生先輩がタイプだって騒いでる。

　始まって数分で席が変わって、わたしは端っこのほうに

避難。

いったんドリンクバーを取りに行って、テーブルにあるスナック菓子をつまみながらジュースをグビグビ。

みんな盛り上がってるなぁ……なんて。

わたし、しらけすぎじゃん。

合コンなんて参加したことないけど、他の子たちは慣れているのか会話が弾んでる。

まだ会ったばかりなのに距離とかめちゃくちゃ近いし、肩とか抱かれちゃってるし。

今どきこれくらいフツーなの？

別に付き合ってなくても、触れられたりするのは当たり前……みたいな？

なんだか場違い感が否めない。

ふと目線を少し奥に向けたら、暁生先輩の両隣に女の子がいて、どちらも気を引くのに必死で可愛い笑顔を振りまいている。

暁生先輩は……いつもと変わらず無反応。

どうしよう……全然楽しくない。

むしろ嫌な気分ばかりになっていく。

そもそも楽しもうなんて思ってないけど。

でも、何も話さないわけにもいかなくて、気を遣って話しかけてくれる男の子が何人かいたけど、ぜんぶ耳に入ってこなくて。

見たくないと思って目線を何度もそらすのに、気づいたら戻って──暁生先輩のほうばっかり気になっちゃう。

「ねーね」

「……」

「おーい、紗倉杞羽ちゃーん」

「……へっ」

　ボーッとしていたら、いきなり視界に男の子の顔が飛び込んできてびっくり。

「さっきから全然喋ってないよねー？　楽しくない？　それともこういう場所に慣れてないとかー？」

　にこにこ笑って、さっきから場を盛り上げてるムードメーカー的な男の子。

　名前なんだっけ、歳いくつだっけ。

　覚えてないの失礼すぎるかな。

「あっ、えっと……友達にいきなり連れてこられちゃって」

「へぇ、そうなんだー。そりゃ何も知らされずに来て、たくさんの男と女いたらびっくりするよねー」

　人見知り発動しすぎて、この先なんて返したらいいのかわかんなくて会話が切れちゃう。

　ぜったいこの女ハズレとか思われてそう。

「あ、あの……わたしなんかと喋るより他の女の子と喋るほうが楽しいんじゃ──」

　思いきって言ってみたら。

「もしかして杞羽ちゃんも暁生狙いとかー？」

「な、なんで……ですか」

　別にわたしは、他の女の子たちみたいにわかりやすくアピールしてるわけでもないのに。

なんで言い当てられちゃってるの……？

「いや、俺ずっと杷羽ちゃん可愛いなーと思って気にして見てたんだけどさー。俺とは目も合わないから、何見てんのかなーって思ったらずっと暁生のこと見てたから」

　他の人から見てもそんなわかりやすく態度に出ていたなんて……。

　指摘されて、全然諦めきれてないってわかって、思わず席から立ち上がってしまった。

「ご、ごめんなさい……っ。ちょっとお手洗い行ってきます……」

　にぎやかな部屋から一気に静まり返った外へ。

　ほんとはこのまま抜けたいけど、部屋の中にカバンを置いてきたまま。

　とりあえずお手洗いに逃げ込んだ。

「はぁ……何やってるんだろ」

　ふと正面を見れば鏡に映る自分は全然可愛くない。

　せっかく沙耶に可愛くしてもらったはずなのに。

　気持ちが顔に出るのは、ほんとだったんだ。

　他の人に可愛いとか言われても全然うれしくない。

　ちょっとでもいいから、いつもと違うって、可愛いねって——暁生先輩だけに思われたらいいのにって。

　はぁ、やだな。ものすごくわがまま。

　戻っても誰とも話す気になれないので、カバンを持ってこっそり抜け出そうと決めてお手洗いを出ると。

　腕を組んで壁にもたれかかる人が——。

「え……っ、なんで暁生先輩が……」

　まさかいるとは思ってなくて、目を見開いて何回かまばたきを繰り返す。

「……こんなとこ来て男探し？」

　嫌味をたっぷり含んだ声。

　そんな言い方しなくてもいいじゃん……っ。

　それなら、そっちだって菜津さんがいるくせにここに来てるじゃん……っ。

　喉のあたりまで出かかっているのに、その言葉をぜんぶ呑み込んでしまう。

　すると、何も言わずにこっちに迫ってきて、気づいたら真後ろは冷たい壁。

「……俺のことは嫌いなくせに、他の男にはいい顔すんの？」

　嫌いじゃない、むしろ正反対。

　でも、この先は言いたくない。

　振られるとわかって口にできるほど、わたしは強くない。

「……俺のものになってくれないくせに」

　ほんとにほんとに——先輩は矛盾だらけ。

　そんな求めるようなこと言うのずるい……っ。

　そうやって抜け出せないところまで落とすんだから。

　わたしのこと好きでもないくせに……菜津さんがいるくせに。

　それなのに、こんなところに来て女の子たちに言い寄られて。

　今までため込んでいた言葉にできなかったものたちが、ぜんぶあふれてきそうで怖い。

　口にしたらダメだってわかっているのに……。

「先輩だって、わたしのものになってくれないじゃん……」

　あぁ、もう。こんなの告白してるのと一緒。

　でも、一度外れてしまったら自分じゃブレーキのかけ方がわからなくなって。

「菜津さんのことが好きなくせに……っ。それなのに、わたしにキスしたり、甘いこと言うのずるい……っ」

　今まで我慢していた気持ちと涙がどんどんあふれて、全然止まんない。

「もしかして、ちょっとでもわたしのことを好きになってもらえたのかな……って期待だけ抱かされるばっかりで……先輩はいつも肝心の気持ち教えてくれない……っ」

　感情のコントロールがうまくできない。

「わたしばっかりが先輩でいっぱいになって……。気づいたら自分でも抜け出せないくらい、先輩のことしか考えられない……っ」

　ポロポロ落ちてくる涙なんて、ぜんぶ知らない、わかんない……っ。

「こんなに好きなの……嫌だ……っ」

　言い放ったと同時。

　目の前が暗くなって──優しく唇を塞がれた。

　ただ軽く触れるだけ。

　唇が重なったのは一瞬だったのに、離れるときがスロー

モーションみたいに映って。

　至近距離で視線は絡んだまま。

「ま、また……好きでもないくせにキスしないで……っ」

　手で唇をこすったら、その手はあっさり拘束される。

「……好きだからしてんのに」

「へ……っ」

　不意に伝えられたせいで、ものすごく間抜けな声が出た。

　思考がショートして、大げさかもしれないけど少しの間、息の仕方がわからなくなった。

「……俺の気持ち全然わかってない」

「は、はい……っ？」

「とりあえずそんな可愛い姿、他の男に見せたくないからここ抜けよ」

　いきなりすぎる展開にまったくついていけない。

　ってか、気持ち全然わかってないって、わかるわけないじゃん……っ。

　ちゃんとわかりやすく言葉にしてくれないと──。

　バタンッと扉が閉まる音。

　同時に、後ろから先輩の大きな体に包み込まれた。

　あれからカラオケを２人で抜け出して、連れてこられたのは先輩の部屋。

「えっと、暁生先輩……っ？」

　名前を呼んだら、もっと強く抱きしめてくる。

　な、何これ……。なんでこんなふうに抱きしめるのか意

味わかんない。

「う、うぅ……、そんな強く抱きしめたらつぶれちゃいそうです……」

「……杞羽に避けられて死ぬかと思った」

「死ぬなんて大げさ……です。そ、それに先輩は別にわたしじゃなくてもいいんじゃないですか……」

「……なんでそう思うの？」

「だ、だって、菜津さんのこと……」

「菜津がどーかしたの」

「どーかしたのって……」

　え、いくらなんでも鈍感すぎない……？

　フツーに部屋に泊めたりしてるじゃん。

　どう見たって深い関係にしか思えないよ。

　結局その先の言葉が何も見つからなくて黙り込むと体ごとくるりと回された。

「きーう」

「っ……」

「ちゃんとワケ話して」

　下から覗き込むように顔をしっかり見てくる。

「もしかして菜津になんか言われた？」

「な、何も言われてない……です」

「んじゃ、なんでそんな菜津のこと気になんの？」

「だって先輩、菜津さんのこと好きだと思った……から」

　思いきって打ち明けてみた。

　すると、先輩は目の前で固まったまま。

　数秒間、沈黙が続いたかと思えば。
「え……いや、菜津のこと好きとかありえない」
　まさかの答えが返ってきて、こっちがびっくりだけど、それ以上に先輩のほうがびっくりしてる。
「だ、だって……菜津さんめちゃくちゃスキンシップすごかったし、それに先輩の部屋にずっと泊まってたじゃないですかぁ……っ」
「泊めてたのは事実だけど。彼氏とケンカして実家に帰りにくいって言うから。まあ、無理やり転がり込んできたっていうのが正解だけど」
「フツーは泊めないですよぉ……。仮にも男女が同じ部屋で生活してたら何かあるって思っちゃうものです……っ」
「いや、菜津とはぜったいないし」
「なんでそんな言いきれるんですかぁ……」
　寝泊まりしている男女の間に何もないなんてぜったいありえないって、前に沙耶が言ってたもん……っ。
「だって姉貴だし」
　アネキ……？　あねき……？
　え、それってつまり——。
「お、お姉さん……ってこと、ですか？」
「そーだけど」
「……えっ」
「なんか勘違いしてる？」
　ちょ、ちょっと待って。菜津さんが先輩のお姉さん？
「え……、えっ……!?　えぇ!?」

　う、嘘。そんなオチある……!?

　えっ、いや、姉弟に見えないんだけど……!!

　じゃあ、わたしがあれだけ悩んだ時間は、いったいなんだったの……!?

　ってか、菜津さんも菜津さんで紛らわしい感じのことばっかり言ってたじゃん……!

　『暁生ならわたしのこと理解してくれると思って』とか、『わたしには暁生しかいないの。わかってよ』とか……。

　こんなの姉弟の会話には聞こえないよぉ……っ!

　それに部屋に行って、先輩のシャツを着た菜津さんがベッドで寝ているところを見たら、事情を知らない人からしたら、もうそういう関係って解釈しちゃうよ……。

　それをぜんぶ先輩に話してみたら。

「ってか、なんで俺に何も言わずに鍵置いてくわけ。鍵返しに来たこと全然気づかなくて、つい最近菜津からこの前杞羽がここに来たって聞いたし」

「やっ、だって……先輩が菜津さんのことを好きだと思ったから……。だから、もう先輩のこと諦めなきゃって……」

　勘違いしたわたしも悪いけど、先輩だって思わせぶりなことばっかりして、肝心の気持ちを伝えてくれなかったじゃん。

「……諦めなくていーのに」

「だって、先輩……気持ち教えてくれないじゃん……っ」

　わたしばっかりがこんなに必死になっているのがすごく悔しくて、なんでかまた泣きそうになる。

「いっこだけ、いいこと教えてあげよーか」

「へ……っ？」

「……俺は好きでもない子にキスはしない」

　なんてことを言って、ちょっと強引に唇を塞ぐから。

「んっ……」

「……その甘くて可愛い声も、俺だけのものにしたくてたまんない」

　甘い、甘い、甘い。

　甘すぎて溶けちゃいそうって、まさにこのこと。

「やっ……待って、せんぱい……っ」

「……なーに」

「ちゃ、ちゃんと……気持ち伝えてくれないとやだ……っ」

　わがままとか面倒とか思われるかもしれないけど、ちゃんとはっきり言葉にしてほしいから。

「さっき伝えたようなもんじゃん」

「も、もっとちゃんと……言ってほしい」

「わがままなお姫様だね」

　すると先輩はフッとイジワルそうに笑って、わたしの頬に手を添えて。

「……可愛い杞羽が好きだよ」

　耳元で甘く囁いてキスが落ちてきた──。

甘すぎるキスは何度でも

「うっ……先輩、いつまでこうしてるつもりですか……っ」

「俺が満足するまで」

「えぇ……」

　あれから1時間くらいがすぎたんだけれど。

　ベッドの上で後ろからずーっと抱きつかれたまま。

「杞羽が俺のこと避けてた分、ちゃんと癒してくれないと無理」

「だってだって、それは先輩が悪いじゃないですかぁ……」

「なんで」

「好きとか言わずにキスしてくるし……」

「好きだからするのに」

「うぅ……っ。というか、先輩はわたしのどこが好きなんですか……？」

　いまだに好きって言ってもらえたのが信じられない。

　先輩って人に興味や関心がなさそうで、自分以外の人とかどうでもいい……なんて思っていそうで。

　それに、わたしみたいなのじゃなくても可愛い子や美人が嫌でも寄ってくるだろうし。

「それ答えないとダメ？」

「教えてほしいんです」

「とくに理由ないんだけど」

　えぇ……!?　それって地味に……ううん、かなりグサッ

ときたよ。

　つまり、なんとなーく好きかもみたいな感覚ってこと？

　えっ、それって数日後には、やっぱり好きじゃないから無理とか言われるオチじゃないの……？

「理由ないってゆーかさ……。なんかものすごく欲しくてたまんないって感じ」

「よくわかんないです……」

「今まで自分から可愛いと思ったり欲しくて手に入れたいとか思った子いなかったし」

「ほ、ほんと……ですか？」

「ってか、菜津の影響で女はとくに苦手だったから。でも、杞羽はものすごく可愛いし、なんか放っておけない」

　これくらいで喜んじゃうのってチョロいのかな。

「杞羽を目の前にしたらブレーキのかけ方わかんなくなるし。気づいたら夢中になって止まらなくなる」

「だからって付き合ってもないのに、キスとかしちゃダメですよ……っ」

　思い返してみれば、付き合ってもないのに先輩は平気で体に触ったりキスしてきたり。

「もう付き合ってるからいい？　手出しても」

「ほ、他の子にはしちゃダメですよ」

　なんだかこの先とっても不安。

　先輩って猫みたいに気まぐれだから、わたしに飽きたら違う女の子のところに行っちゃいそう。

「杞羽しか興味ないのに？」

「とか言って、合コンに参加してたじゃないですか……っ」

　なんだかぜんぶ疑いにかかっちゃう。

「それなら杞羽だって参加してたじゃん」

「わ、わたしは合コンだって聞いてなくて」

　行ってみて初めて知ったんだもん。

　知ってたら行かなかったし。

「いつもより気合い入れて可愛くしてたくせに」

「こ、これは沙耶が……友達が勝手にやっただけで」

「杞羽の可愛いところはぜんぶ俺のものじゃん」

　甘い言葉に心臓がいちいちうるさい。

「それなら先輩だって……わたしのものになってくれない
と、やだ……っ」

　恥ずかしさとかぜんぶ忘れて、体の向きをくるっと変え
て先輩の体にギューッと抱きついた。

「……何その可愛いわがまま」

「うぅ……っ」

「俺を殺す気？」

「死んじゃダメです……っ」

　体を離して唇が軽くチュッと重なる。

　一度離れて、またくっついて。

「……いちいち可愛い顔するね」

「へ……っ」

「ほんと他の子とかどーでもいいんだけど」

「なら、なんで合コンなんかに……」

　わたしはちゃんと理由を話したのに、先輩は教えてくれ

ない。

「男友達に遊ばないかって誘われたから行ってみたら合コンだったってやつ」

「ええ……」

「合コンって聞いてたらまず行ってないし」

「ほ、ほんと……ですか？」

「そりゃー、杞羽チャンしか興味ないから」

　ほら、またそうやって呼ぶから。

　不意打ちのこの呼び方は、なんでか胸がキュッてなる。

「ほんとに、ほんと……ですか？」

「俺そんな信用できない？」

「だ、だってわたし美人でもないし可愛くもないし、スタイルよくないし胸ないし……」

「胸は別にあってもなくてもいーよ」

「やだ、嘘だ……っ。男の人は胸大きいほうが好きってイメージですもん……」

　先輩、ぜったいスタイルいい人が好きそうだし。

　前に大きいほうが好きとか言われたの、忘れてないんだから！

　菜津さんみたいに胸大きくてウエストめちゃくちゃ細くて……みたいな体型なら自信持てるけど。

　自分の体が貧相すぎて嫌になってくる。

「そんな気にしなくていいよ」

　あれ、意外と優しいこと言ってくれて──。

「そのうち俺が大きくしてあげるし」

　嘘、前言撤回。

「彼氏の役割ってことで」

「ひっ、どこ触ってるんですか……!?」

　あきらかに手の位置おかしいから。

　なんでさらっと触っちゃってるの……っ!

「ってか、そんな小さくないじゃん」

　あ、ありえない……っ!

　気づいたら、そばにあった枕を思いっきり先輩の顔面に投げつけていた。

「痛いんですけど杞羽チャン」

「触るなんて論外です……っ!!」

「別に大きさたしかめただけなのに」

　悪びれた様子もなく枕をポイッとベッドの上に投げ捨てて、またグイグイ近づいてくる。

「それに、もう杞羽は俺の彼女になったわけだし。ちゃんと俺の相手してくれないと」

　肩をちょっと強く押されたせいで、背中にベッドのやわらかい感触。

　真上は天井。かと思えば、わたしの上に覆いかぶさってくる危険な先輩。

「ちゃんと俺の欲求満たしてよ」

「よ、よっきゅ……!?」

　やだやだ、なんかハレンチすぎる……!!

　このままだと暴走してやりたい放題にされちゃう予感しかしない。

「杞羽見てるとめちゃくちゃにしたくなるんだよね、どーしよっか」

「そ、それはめちゃくちゃまずいです……」

「めちゃくちゃにしてくださいって？」

「言ってないです……っ！」

　にこにこ笑いながら顔を近づけてきて、唇が触れる寸前でピタッと止まった。

「……このままキスしたら我慢できなくなる」

「じゃあ……しちゃダメです」

　先輩って、自分のしたいように満足するまでぜったい離さないタイプだもん。

「んー……でも俺、杞羽に触れないと死ぬ病だから」

　勝手に病気にしちゃダメだし、なんかおかしいし！

「たくさん触らせて」

「なっ、ダメですダメです……っ！」

「なんで？　杞羽の体もう俺のものじゃん」

「か、体って言い方どうにかしてください……」

　先輩が言うとひたすらハレンチなんだってば。

　しかも本人はまったく恥ずかしがるわけもなく、さらっと爆弾を落とすみたいに言ってくるから。

「いま手出されるほーがいいか、それとも夜ここに泊まるかどっちにする？」

「え、えっ？」

「選ばせてあげる」

　いきなりすぎない、この選択……！

「早く選ばないと手出しちゃうけど」

「ひっ、服の中に手入れないでください……っ！」

　先輩の自由さが前よりもずっとひどくて、自由すぎるにもほどがあるんじゃ……!?

「それじゃあ、今日ここに泊まる？」

「と、泊まらないって言ったら……」

「今すぐ抱きつぶすけど」

「と、泊まります……」

　あっけなく泊まると宣言。

　というか、菜津さんはいいのかな。

　彼氏さんとケンカして家を追い出されたから住むところがないんじゃ……。

　今ここに菜津さんの姿はないけど。

　気になって聞いてみたら。

「あー、菜津なら追い出した」

「えっ」

「自分のやりたい放題にやって自由すぎるから俺じゃ手におえないし」

　いや、それそっくりそのまま先輩にお返ししたい言葉なんだけども。

　やっぱり姉弟だから性格とかすごく似てるなぁと。

「たぶん今頃、彼氏の家に無理やり戻ってるか、実家にでも行ったんじゃない？　知らないけど」

「お、お姉さんなのにいいんですか？」

「それよりさー、俺はいま杞羽のことを可愛がりたいんだ

けど」

「へ……っ」

「なんかもう離したくないんだよね、わかる？」

「いや、えっと、ワカリマセン」

　泊まるって言ったのに、今にも襲いかかってきそうなのはなんで……！

「なんならこのまま俺の部屋に住む？」

「えっ、やっ……それはすごく迷惑なんじゃ……」

「迷惑なわけ。むしろ毎日可愛い杞羽を見られるし、キスしたいときできるし。なんなら俺の腕の中にずっと閉じ込めておくのもいいね」

　いや、なんかだいぶおかしいし、ぶっ飛んでるような気がするんだけど！

「……ってか、もっと杞羽でいっぱいにしてよ」

　唇にグッと押しつけられたやわらかい感触。

　何度されても、この感触に慣れなくて体温がどんどん上がっていく。

「……口、閉じちゃダメだって」

「んん……っ、や……っ」

　かたく唇を閉ざしていたら、無理やりにでもこじ開けてくる。

　でも、けっしてそれが嫌なわけじゃなくて。

「……声我慢すんのダメ」

「……んっ、そんな甘くしない……で」

　甘くておかしくなっちゃいそうで、感覚がどんどん変に

なっていくから。

「……何が甘いのか教えてよ」

「ん……キス、が……」

「キスが何？」

　この先、ぜったい言わせる気ない。

　ちょっと隙を与えてくれるけど、いいタイミングで遮ってキスを落としてくる。

「んっ……やだ、先輩イジワル……っ」

「……ほんとかーわい」

　面白がって余裕全開で、キスの嵐は止まんない。

　息が続かなくて苦しくなって、ちょっとの間、唇を離してくれるけどすぐにくっついて。

「……もっと口開けて俺のキスに応えて」

「ん……ぁ……っ」

　やだやだ、どんどん溺れて甘ったるい声まで出てくる。

「そー、いい子。もっとするから覚悟して」

　甘いキスは止まることを知らない。

「機嫌直してよ杞羽チャン」

「だ、だってキスしすぎですもん……っ！」

　あれからどれくらいすぎたかわかんないくらい。

　ずーっと、ずーっとキスしてばっかり。

　おかげで唇がなんとなくヒリヒリしてる。

　気づいたらもう夕方で、今日はここに泊まることが決まっているので、今はキッチンで晩ごはんの支度をしてい

るところ。

　……なんだけど。キッチンに立っている間も、先輩はずっとわたしの後ろでベッタリ引っついたまま。

「ってか、杞羽が誘うような声出すのが悪いんじゃん」

「うぅ……」

「あんなの聞いたら止まらないってフツーの男は」

　なんて言いながら、また手を出してくるし首筋に唇を這わせてくる。

「せ、先輩……っ！　おとなしくあっちで座って待っててください……っ！」

「ってか、杞羽のポニーテール可愛い」

「へ……？」

　え、いきなりなんですか。

　料理のとき髪が邪魔だから１つでまとめているけど。

「ポニーテールってなんかエロいね」

「は、はい……っ？」

　えっ、もうやだ、なに言ってるのこの人。

「首筋見えるし、ゆらゆら揺れてるからなんか気になる」

　首を少しくるっと向けたら、お決まりのように唇がチュッと触れ合う。

「ごはんより先に杞羽チャン欲しいなあ」

「なっ……。さっきまでたくさんキスしたのに……っ」

「あんなんじゃ全然足りない」

　全然とか……。先輩のキャパってどうなってるの、ぜったいおかしいって。キスしすぎだから……！

「た、足りないって……んんっ」

　また簡単に唇を奪って、おかしくなるんじゃないかってくらいキスばっかり。

「……杞羽の唇ものすごく甘い」

「っ……」

　やだやだ。こんなこと言われてすぐドキドキしちゃうなんて。

「だから……もっとちょーだい」

　あっという間に抵抗できなくなる。

「こ、ここキッチンだから危ない……っ」

「んー。じゃあ、こっちおいで」

　さっきまで火を使っていたのに、先輩の器用な手がキスをしながらピッと停止ボタンを押した。

　そして、そのまま腕を引かれてガスから遠ざけられて、またキスをされて。

「……なんかエプロンとかもいーね」

「ふぇ……っ？」

「この後ろの紐とかさ、ほどきたくなる」

　フッと笑って、後ろで結ばれていたエプロンのリボンがシュルッとほどかれた音がする。

「ぅ……っ」

「無抵抗な杞羽チャンも可愛いね」

　言い方めちゃくちゃわざとらしい。

　なのに、いちいちドキドキしちゃうわたしの心臓はぜったいおかしいの。

「こ、ここで止まってくれないと怒りますよ……っ」

「んじゃ、夜なら好き放題していーの？」

「す、好き放題って……」

　いったい何するつもりなの……!!

　今も充分なくらい好き放題してるじゃん……！

「……甘い夜にしよーか」

　先輩が言うと危険な感じにしか聞こえないから……!!

「なっ、却下です……っ!!」

　先輩の顔を手で思いっきり押し返して、顔をプイッと背けてやった。

　エプロンの紐もほどかれちゃったから結び直さないとだし、ごはんも作ってる途中なのに。

「いい加減にしないと怒りますよ、帰りますよ……っ！」

　ちょっとキツく言わないと聞いてくれなさそうだから、強めに言ってみたら。

「帰るなら今すぐ抱くけどいーの？」

　うぅ、なんで日本語通じないの。

　しかも、冗談じゃなくて瞳が本気だし。

　こっちがちょっと強気になったら、それを上回る感じで返してくるから。

「帰るなんてダメなこと言う口は塞がないとね」

「も、もうキスはダメです……っ!!」

　結局、寝るまでとっても大変で。

　ごはんを食べ終えてからもずっとベッタリ。

　しまいにはお風呂までついてくるし。

　もちろん一緒に入るなんて無理だから拒否したら、なんでか拗ねてるし。

　それで、ようやく寝る時間になれば。

「うぅ、つぶれそうです……っ」

　しっかり抱き枕にされてる。

　ガッチリ抱きしめて、ぜったい離してくれない。

「何、もっと抱きしめてほしいって？」

「そんなことまったく言ってないです！」

「杞羽チャンはわがままだね」

「うぎゃっ……」

　もはや会話として成立してないよ。

　どうやら先輩の耳は都合の悪いことは聞こえないようになっているみたい。

「ほんとはもっと杞羽に触れたいのに我慢してる俺えらいよね、褒めてよ」

　もう、なんでそんな上からなの……！

　何様ですかって聞いてやりたいくらい。

「ほ、褒めないですよ。ってか、そんなに我慢してなくないですか……！」

　キスたくさんするし、ずっとベッタリくっついてるし。

「……それは心外だね。死ぬほど我慢してんのに」

「えぇ……っ」

「もっと俺のこと甘やかしてよ」

　もう充分すぎるくらい甘やかしてるつもりなのに。

　どうやら、わがままな先輩はそれじゃ満足できないみた

いで。

「……俺が満足するまで付き合って」

　なんてことを耳元で囁いて。

　結局、この日の夜はベッドに入ってから全然寝かせてもらえず——。

「も、もう限界です……っ」

「……やだ、まだ足りない」

　甘すぎるキスが降ってくるばかりで、気づいたら意識が飛んで眠りに落ちていた。

半同棲みたいな

「えー、散々こじれたくせに気持ち伝え合ったらあっさり
くっついたわけー？」

「そんな言い方しないで祝福してよぉ……」

　夏休みが明けて数日の９月の上旬。

　学校が始まって、あらためて沙耶に先輩と付き合い出し
たことを報告。

　じつは合コンを抜け出した翌日、沙耶からお叱りの電話
がかかってきて、先輩に告白したことを伝えた。

　夏休み後半はわたしと沙耶の予定がなかなか合わなく
て、会える日がなかった。

　なので、学校が始まって落ちついた今、ようやくしっか
り報告することができた。

「いや、祝福してないわけじゃないけどさー。あんだけこ
じれてたくせにー」

「そ、それはそうだけど……っ！」

「んで、しかも謎の怪しい美女が春瀬先輩のお姉さんって、
なんつーオチよ」

　それはきちんと確認しなくて、勝手に突っ走って勘違い
したわたしが悪いけども！

「だって先輩のお姉さん──菜津さん、ほんとに美人で２
人が並んでたら姉弟に見えないんだってば！」

「いやー、にしてもそんな勘違いってリアルにあるもんな

んだねぇ。まあ、何はともあれ杞羽が幸せならわたしもうれしいけどね～」

　にこっと笑って、頭をよしよし撫でてくれた。

「たくさん泣いて悩んで苦しんだ分、春瀬先輩にしっかり幸せにしてもらいなさいよー？」

「う、うん……っ」

　今でも充分すぎるくらい幸せっていうか。

「もう隣に住むんじゃなくて、いっそのこと春瀬先輩の部屋に転がり込んだらどう？　半同棲みたいな感じでさー」

「いや……もうそれが、ほぼ半同棲状態といいますか……」

　夏休み中は、ほぼ毎日先輩の部屋に泊まって。

　自分の部屋に戻るのは着替えを取りに行ったり、他に必要なものを取りに戻るくらいで。

　夏休みが明けた今もあんまり状況は変わっていない。

　しまいには『荷物とかぜんぶ俺の部屋に置いてればいいじゃん』と言われ、着替えとか少し置いてくようになって。

　それが気づいたら今では、先輩の部屋なのにわたしの着替えとかがフツーにある状態。

　先輩の部屋のクローゼットの半分くらい占領しちゃってる。

　洗面台には、ちゃっかりわたしの歯ブラシとスキンケア用品が置かれている。

　自分が使うマグカップまで食器棚に。

　先輩の部屋なのにフツーに自分の部屋にいる感覚になっちゃうくらい。

「えっ、はっ、あんたたち結婚したの？」

「いやいやしてないから……！」

　これを沙耶に話したら若干引かれたし。

「付き合うまで長かったくせに、付き合った途端スピード婚みたいじゃないの」

「だから結婚してないってば！」

「いやー、もう結婚してるようなもんでしょ。いいじゃん、春瀬先輩の嫁になっちゃえば」

「そんな軽く言わないでよぉ……！」

　そういえば、出会った頃に先輩にお嫁さんになってよとか言われたのが懐かしいなぁ。

　あの頃は何を言ってるのとか思っちゃったけど。

「とか言って嫁になりたいくせに〜」

「もう、沙耶っ!!」

「きゃー、杞羽ちゃんが怒った〜」

　あははっと笑って完全に面白がってる。

　こんな感じで朝のホームルームが始まった。

　毎晩、先輩が満足するまでキスが止まらないから、最近めちゃくちゃ寝不足なような……。

　でも、先輩の腕の中はすごく心地がよくて。

　夜寝る前に好きな人がそばにいて。

　朝起きていちばんに好きな人の顔が見られて、おはようって言える些細なことが結構うれしかったり。

　なんだかんだ、わたしも今のこの生活に満足しているところもあったりする。

　午前の授業が終わり、迎えたお昼休み。

　沙耶とお弁当を食べようとしたら、教室内がざわついて廊下のほうを見たら見覚えのある人が……。

「ほーら、旦那が迎えに来てるじゃん？」

「もう沙耶ってば、面白がるのやめて！」

　なんでか暁生先輩がいた。

　どうしたんだろう。

　わざわざわたしの教室に来るなんて。

　もしかして会いに来てくれたのかな……と、わずかに期待をしてみるけど。

　あぁ、でも先輩のことだからお腹すいたから来たとか言いそう。

　とりあえずそばに行ってみないと。

「ど、どうしたんですか、お腹すいたんですか？」

　たぶん、何か困ったことがあって来ているに違いない。

　そうじゃなきゃ、面倒くさがり屋の先輩がここに来るわけないし。

　でも、今回はどうやら違ったみたいで。

「……杞羽に会いたくなった」

「へ……っ」

　不意に腕を引いてきて、みんなが見てる前でギューッと抱きついてきた。

　えっ、えっ、何この状況……！！

　まわりはザワッとして、女の子たちからは悲鳴みたいな声も聞こえてくる。

　なのに、まわりをまったく気にしていない先輩はおかまいなしで抱きついたまま。

「ねー……杞羽。このままキスしたい」

「へ……っ!?」

　耳元であきらかにアウトな誘いが聞こえて、近づいてくる先輩の顔を片手でブロック。

「何この手……邪魔」

「ダメですダメです、みんな見てます……っ!」

「んー、我慢できない無理」

　チュっと……唇の真横スレスレにキスを落としてきた。

　その瞬間、まわりからは「キャー!!」という悲鳴に近い声が聞こえて。

　唇は外したけど、ぜったいまわりから見たらフツーにキスしてるように見えたって……!

　恥ずかしすぎて、このあと授業受けられないよ……。

「……ってか、まだ時間あるからおいで」

　相変わらずマイペースさ全開のまま。

　わたしの手を引いて、空いている教室を見つけるとそこに連れ込んで──ガチャッと鍵をかける音がした。

「……ほら、杞羽の唇ちょーだい」

「なっ、む、無理……んんっ」

　下からすくいあげるように、うまくグッと唇を押しつけてきた。

　今度は唇を外してくれない。

「ま、まだお昼食べてな……い……っ」

「今は杞羽のこと食べたい」

　もう、何を言っちゃってるの……っ！

　まさか学校でこんなことするなんて……！

　扉に体を押さえつけられたまま。

　鍵をかけたとはいえ、扉越しから廊下を歩く生徒の声が聞こえてきてヒヤリとする。

「……んっ、ぅ……」

　やだやだ、我慢しようとしても声が出ちゃう。

「声我慢してんのかわいーね」

　唇をやわく噛んで、わざと音を立てて繰り返しキスを落としてくる。

「杞羽がどこ触られたら声出ちゃうとか知ってんの俺だけだもんね」

「ひゃっ……ぁ、そんなとこ触っちゃダメ……っ」

　スカートを少しだけ捲り上げて、太もものあたりを手で撫でてくる。

　やだ、なんでこんなところ触るの……っ。

　焦らすような撫で方におかしくなりそう。

「……そんな可愛い声、俺の前でしか出しちゃダメじゃん」

「そ、そんなこと言われても……やぁ……っ」

　口元を手で覆うけど、そんなことしたら先輩がもっと声を出させるように触れてくるから。

「……杞羽気づいてる？」

「ふぇ……っ？」

　手はそのまま。唇に落ちていたキスは耳や首筋に落ちて

くる。

「……体けっこー敏感だってこと」

　そんなことわざわざ口にしなくていいのに……っ。

　キリッと睨んだら、先輩は余裕そうにフッと笑って。

「……ここで続きしたら怒る？」

「お、怒ります……っ」

「夜までおあずけ？」

「……です」

　夜になっても、この続きはしちゃダメだけど……！

　わたしの心臓、最近バクバク動きすぎていつか誤作動を起こしてパタッと倒れちゃいそう。

「ふっ……それじゃ、夜になったらたくさん杞羽のこと可愛がってあげる」

　今日の夜、ぜったい危険。

「ねー、杞羽まだ怒ってんの？」

「うぅ、怒ってます……っ！」

　ただいま時刻は夜の11時すぎ。

　今日も変わらず先輩の部屋に泊まって、同じベッドで眠ろうとしているんだけど。

　わたしは帰ってきてからも全力で怒っている。

「別にいーじゃん、まわりに騒がれたって」

「よくないです……!!　あれからクラスの子たちにいろいろ質問攻めされて大変だったんですから……!!」

　なんで怒っているかって、お昼休みに先輩がクラスメイ

トの前でキスみたいなことをしたせい。

　そのあと教室に戻ったら、女の子たち数人に囲まれて先輩と付き合ってるのとか、どういう関係なのとか根掘り葉掘り聞かれたりして。

「んで、なんでそこで付き合ってること否定したわけ？」

「だ、だって……、そんなこと言ったら大変なことになりそうですもん」

　女の子たちの嫉妬を大量に買いそう。

　もうすでに買ってそうだし、否定したところで遅いかもだけど。

「杞羽は俺のだって他のやつに見せつけるいい機会だったのに」

「見せつけなくていいですもん」

　帰ってきてからわたしの機嫌がこんな感じだから、先輩まで機嫌が悪くなってる。

「……杞羽さっきから全然かまってくれないじゃん」

「先輩ベッタリしすぎですもん……っ」

　ベッドに横になっている今も、わたしは先輩のほうに背中を向けたまま。

　だから、かまってほしい先輩がわたしを後ろからガッチリ抱きしめて、かまってアピール。

「杞羽だから触りたいのに」

「うぅ、だからって人前では……っ」

「今日帰ってきてから、１回もキスさせてくれないし」

　先輩ってぜったいキス魔。

　隙があればいつでもチュッてしてくるし。

「ねー、杞羽こっち向いて」

「や……です」

「なんで」

「またキスするから……っ」

　振り向いた瞬間にしそうだもん。

　今わたしは怒ってるのに。

　わたしはいつも機嫌が悪くて怒っても、結局先輩の甘いキスとか言葉でうやむやにされちゃうから。

　今日はちょこっと抵抗してみる。

　いつだってわたしが言うこと聞くと思ったら大間違いなんだから。

「……んじゃ、しない」

　拗ねた声。たぶん怒ってる。

　ご機嫌斜めなのが声だけでわかる。

　ほんとにほんとに、わかりやすい人。

　さっきまで後ろから包まれていた温もりから、あっさり解放されてちょっとさびしくなった。

　控えめに後ろを向いたら、見えるのは先輩の大きな背中だけ。

　これでいいのに。たまには、わたしが反抗してみたっていいじゃんって思うのに。

　突き放されるとなんでか心がさびしくなっちゃう。

　気持ちの矛盾もいいところ。

　いつもなら、寝るときはぜったい抱きしめて腕枕してく

れるのに。

　同じベッドにいるのに、なんでか遠く感じちゃう。

　突き放したのはわたしだけど、こんなふうになりたかったわけじゃない。

　わがままって思われるかもだけど、拗ねたわたしに先輩から『ごめんね……』とか、そういう言葉が欲しくて。

　ケンカして仲が悪くなるようなことだけは避けたかったのに。

「せん、ぱい……っ」

「……」

　呼んでも無視。

　ぜったい拗ねてる、機嫌を直してくれない。

　だから、さっき先輩がわたしにやっていたみたいに目の前の大きな背中に身を寄せる。

　わたしの気配を感じてもピクリとも動かない。

　たぶん寝たフリ。

　もしかして、わたしがこんな思いをするのも、求めちゃうのも、ぜんぶ先輩の計算どおりだったりして。

「拗ねちゃ、やだ……っ」

　こっちを向いてほしくて、先輩のシャツをギュッと握ってみる。

　すると、少しだけ体が動いた。

「……わがまま」

　なんて言いながら、大きな背中がぐるりと回って正面からギュウッて抱きしめてくれた。

「お、怒ってますか？」

「怒ってないよ」

　急に優しくなってる。

　先輩って普段はわたしより子どもで、わがままばっかりなのに。

　こういうときだけは、年上だからかわかんないけど折れてくれる。

　そんな優しさにもドキドキさせられちゃう。

「うぅ、ごめんなさい。強く言いすぎちゃって……っ」

「いいって。別に怒ってないし。ってか、杞羽に拒否されてちょっとさびしかったから拗ねただけ。俺のほうこそごめんね」

　さっきまでの自分の勢いはどこへいっちゃったんだろうってくらい、今は先輩の腕の中にすっぽり収まっている単純さ。

　結局いつもどおり先輩の腕の中で眠りに落ちた。

　そして翌朝を迎えると。

　いつも決まった時間にアラームが鳴り、ぜったい先に起きるのはわたし。

　先輩はまったく起きようとしない。

　なかなかの騒音なのに。

「先輩、朝ですよ。起きてください」

「……ん、きう……？」

　わたしが呼びかけると、ぜったい目を覚ましてくれる可

愛いところもあったり。

　あんなにうるさいアラームで全然起きないくせに、わたしの声だとすぐに反応してくれる。

　そして起きたらお決まりのギューッ。

「おはようございます……っ」

「ん、おはよ」

　たまに寝ぼけた先輩が暴走して止まってくれないときもあるけど、毎朝いつもこんな感じ。

　ほんとに半同棲というか、もうほぼ同棲しちゃってるようなものだけど。

　朝ごはんを用意して、洗濯とかお風呂掃除とかやれることをぜんぶすませて。

　朝の時間はほんとにすぎるのが早くて、バタバタしているわたしとは対照的にのんびりマイペースな先輩。

「ねー、杞羽。ネクタイやって」

「も、もうっ」

　いつもこうやって甘えてくるんだから。

　自分でやってくださいって言えたらいいんだけど、なんだかんだ先輩には甘いからやってあげちゃう。

　ネクタイの結び方なんて最初の頃は全然わかんなくて。

　今もまだ慣れてない手つきで結ぶのに精いっぱい。

　そんな様子を先輩はいつも愉しそうに見ている。

　たぶんだけど、わたしができないことを必死に頑張っているのを見るのが愉しいから、わざとネクタイを結ぶのを頼んでいるとしか思えない。

　だから、その余裕な笑みを崩したくて。

　結び終わったあと、いつもならできましたって声をかけ
るけど。

　今日はちょっとだけ違う。

「……杞羽？」

　ネクタイを軽くクイッと引っ張って。

　つま先立ちで、ちょっと頑張って背伸びして。

　いつもされてばかりだから今日はわたしから。

　チュッと軽く触れるだけのキス。

　これは完全に不意打ち。

　だから、先輩はすごくびっくりして目を見開いたまま。

「っ……、ずるいよ杞羽チャン」

「いつものお返しです……っ」

　たまには、わたしが先輩のこと翻弄しちゃってもいいか
な……なんてね。

嫉妬とキスとわがまま

　季節は夏が終わって秋に突入。

　気づけばもう10月に入った。

　今日は学校の文化祭。

　わたしたちのクラスは大した出し物はなくて、教室の中で楽しめる縁日（えんにち）。

　女の子限定で浴衣（ゆかた）を借りて着ることができ、髪のセットやメイクに気合いが入っている子たちがたくさん。

　そんな中、わたしはピンクの可愛い浴衣を見つけてクラスの子に着せてもらって、それだけで満足している。

「杞羽ちゃんはメイクとかしないの〜？」

　クラスメイトの日菜（ひな）ちゃんに声をかけられた。

「あっ、うん。自分でメイクとかしたことなくて、やり方わかんないからこのままでいいかなって」

「ええ〜それじゃもったいないよぉ！　せっかくの文化祭だから気合い入れて可愛くしないと〜！」

　なんて言われて、日菜ちゃんが髪とかメイクとかぜんぶやってくれた。

　髪はアイロンでしっかり巻いて、サイドを編み込んでくれて、後ろでゆるく1つでまとめてもらった。

　メイクはよくわかんないので、ぜんぶお任せ。

「ん〜我ながら上出来っ！　杞羽ちゃん元が可愛いからリップくらいでも全然いいけどねっ」

「あっ、ありがとう。こんなにしてもらっちゃって」

「ううん、全然いいよ〜！」

　可愛い女の子ってさすがだなぁ。

　髪もメイクも手際よくやっちゃうし。

　鏡を見たら、いつもよりちょっとだけ可愛くなっているような……気がするだけかな。

　できれば、この姿を先輩に見せたかったのに、文化祭とか行事に興味のない先輩は来るかどうかわかんない。

　朝、いちおう起こして声をかけたけど、文化祭だるいから嫌だとか言って、結局わたしは準備があるから早めに部屋を出てきてしまった。

　先輩やっぱり来ないのかなぁ。

　その代わりといったらあれだけど、この前ちょうど千里に久しぶりに会ったので、よかったら文化祭来てねって誘ってみた。

　そうしたら、部活ないからたぶん行けるって言っていたから千里は来てくれるかな。

　わたしの学校の文化祭は外部参加オーケーで、しかも土曜日にやるので毎年人がすごい。

　あとで千里がついたら迎えに行かないと。

　結局、先輩が来るかどうかわかんないまま文化祭がスタート。

　わたしは午前中だけシフトが入っているので、午後からは自由。

　縁日とかそんな人気ないかなぁと思っていたら、意外と

繁盛<ruby>はんじょう</ruby>して午前中は大忙し。

　やっと迎えたお昼の時間にはもうヘトヘト。

「杞羽ちゃーん、お疲れ様！」

「あっ、日菜ちゃんお疲れ様」

　わたしと入れ替わりで日菜ちゃんが入ってくれることになっているので、これでやっと文化祭を楽しめる。

「ねーね、杞羽ちゃんはこのあと誰かと一緒に回る約束とかしてるのっ？」

「あっ、うん。幼なじみが遊びに来てくれるみたいで」

「へぇ〜！　てっきり彼氏さんと回るのかと思った！」

「あはは……」

　肝心の彼氏と呼べる人は、文化祭に来てくれるかどうかすら曖昧だし。

　せっかくだから先輩と回りたかったのになぁ。

　わたしはあと２年あるけど、先輩は今年が最後の文化祭になるのに。

　なんてことを考えていたら、スマホがブーブーと短く鳴った。

　たぶん千里かな。

　ついたらメッセージ送るように言ってあるから。

「あっ、それじゃわたし行くね！」

「うんっ。文化祭楽しんできてね〜」

　こうして教室を出て門のほうへ。

　外はすでに人がすごくて、この中から千里を見つけるのは大変そう。

　……と思ったんだけど。
「ねーね、さっきの男の子見た!?」
「なになに、誰!?」
「たぶん他校の子なんだけど、めちゃくちゃかっこいい子
いてさー!!」
「へぇ、そうなの!?」
「女子たち声かけまくりだって!」
　門のほうに行ってみたら、不自然にその場所だけ女の子
がめちゃくちゃ集まっているのが見える。
　まさか……と思い、囲まれている人物を見てみたら。
「よかったらわたしたちが案内しましょうか!」
「……いや、別の子に案内してもらう予定なんで」
　なんとびっくり千里がいるじゃん!
　もしや、さっきから騒がれている噂のイケメンくんは千
里のことだったの!?
　普段、女の子と話すのに慣れていないせいか、すごくぶっ
きらぼうな感じの対応をしている千里。
　ほんとは早いところ声をかけたいけど、これだけの女の
子がいると声かけにくい……!
　でも、たくさんいる女の子の中からでも、千里はわたし
を見つけるのが早くて。
　バッチリ目が合った。
「あっ」
　するとズンズンこちらにやってくる。
「おせーよ、杞羽」

「あ、ごめんごめん……っ！」

　千里がわたしに声をかけると、女の子たちがヒソヒソと何か話してる。

「つーか、人の数すげーな。こんだけいたら回るのとか大変そうだよな」

「そうだね」

　それより、千里を連れて回ったらどこ行っても注目されそう。

　すっかり忘れかけていたけど、千里って見た目すごくかっこいいから、女の子たちが騒ぐのも無理ないかぁ。

「ってか、お前あの例のクズ彼氏はいいのかよ」

「もっと他に言い方あるじゃん……！」

　千里には、いちおう先輩と無事に付き合えたことは報告している。

　ほんとは言うか迷ったけど、あれからどうなったのか心配して聞いてくれたから正直に答えたら、ちゃんと祝福してくれた。

　千里に好きだって言われて気まずくなると思ったけど、そんなの全然で。

　前と変わらず幼なじみとして今でも会ったり話したりしている仲。

　でも、いまだに先輩のことは信じられないみたいで、クズ彼氏って呼んでばかり。

「だって名前知らねーし。フツーは文化祭とか彼氏彼女で回るもんじゃねーの？」

「だって、文化祭ではしゃぐようなタイプじゃないから」

　むしろ貴重な土曜日を削られて意味わかんない、無理とか言っちゃってるし。

「お前は一緒に回りたくねーの?」

「ま、回りたいけど……」

「んじゃ、俺なんかと一緒にいる場合じゃねーだろ」

「でも千里を誘ったのはわたしだし、ちゃんと案内しないといけないかなぁみたいな」

　それに、先輩のことだからたぶん来ないだろうし。

「杞羽がそれでいいなら俺はいいけど」

「うん、大丈夫」

　すると、千里が突然ジーッとわたしの顔を見たあと、なんでかハッとして急に真っ赤になってる。

「え、千里どうしたの、なんか顔赤いよ!?」

「……っ、いや、つか……お前なんか今日いつもと雰囲気違う」

　えっ、今さら!?

　もう会ってからかなり時間経ってない!?

「クラスの子が髪とかメイクやってくれたから、それでちょっと違う……のかな」

「いや、ちょっとどころじゃねーだろ。いつもの倍可愛くなってんじゃん」

　耳まで真っ赤にして、恥ずかしそうに目を合わせてこない千里。

　そして、頭をクシャクシャかきながら。

「あー……もう、ほんとお前可愛すぎだろ」

「ほ、褒めても何も出ないよ！」

　照れた顔で言われたら、こっちまでそれが移りそう。

「……バカ。素直に可愛いから可愛いって言ってんだよ」

「可愛くない……もん」

「つーか、アイツもバカだよな。杞羽のこんな可愛い姿を見られないとか」

　千里がこれだけ褒めてくれるのに、肝心のいちばん褒めてもらいたい人は、いまだに学校に来ているかすらわかんない。

「別にそんないつもと変わらないのに」

「お前、自分のこと低く評価しすぎだから」

　各クラスいろんな模擬店とかをやっていて、食べ物を買ったり、クラスの出し物を見て回ったり。

　千里と歩いていると、すれ違う人ほとんどがみんな二度見してくる。

　たぶん、千里がかっこいいからだろうなぁ。

「やっぱ人すげーな。どこ歩いても人しかいねーし」

「ほんとにすごい人だね。おまけに千里が目立つからいろんな人の視線が痛いよ……」

「はぁ？　誰も俺のことなんか見てねーよ」

「いやいや、めちゃくちゃ見てるから！」

　変なところ鈍感なんだから。

　女の子の視線ほぼ集めてるのに自覚ないの？

「それなら杞羽のほうが見られてんじゃねーの？　すれ違

う男ほとんどお前のこと見てるけど」

「えっ、それはないない！」

「すげー可愛いとか言ってるやついたけど」

「それ千里に言ってるんじゃ……」

「バカか、俺は男だろーが」

　いつもみたいに冷静なツッコミ。

　でも、千里が注目されてるのは事実だし。

「あっ、そうだ。写真撮ろうよ！」

「は？」

「え、嫌なの？」

「いや、なんで今の流れでそうなるんだよ」

　だって文化祭といえばみんな写真撮るじゃん。

　今日写真とか撮ってないし。

「せっかくだから思い出に！」

「彼氏が妬くんじゃねーの？」

「写真くらいじゃ妬かないよ」

　若干、嫌そうな感じの千里を無視して、何枚かパシャパシャ写真を撮った。

　カメラロールに保存した写真を見返したら、千里の顔ぜんぶ一緒じゃん。

「千里って昔から写真苦手だよね」

「あんま得意じゃねーんだよ」

　こんな感じで数時間、千里と2人で文化祭を回った。

　そして文化祭が終わって、片づけとかをぜんぶやってい

たら夕方になっていた。
「送ってくれなくても大丈夫なのに」
「別に俺が暇だからいーんだよ」
　千里がマンションまで送ってくれるというので、お言葉に甘えて送ってもらうことに。
「結局お前の彼氏来なかったな」
「うぅ、もう言わないで！」
　地味にというか、かなり落ち込んでるんだから。
　浴衣姿とか、アレンジした髪とか、可愛くメイクしてもらったのもぜんぶ——先輩に見てほしかったのに。

　こうしてマンションのエントランスで千里と別れて、いったん自分の部屋へ。
　着替えをすませて先輩の部屋に行ってみたら。
「え……寝てるじゃん」
　ベッドでスヤスヤ眠っている先輩を発見。
　まさか今日１日ずっと寝ていたとか？
　少しでも文化祭に来てくれるかなって期待したのに。
　わたしだけが楽しみにしていたのがバカみたいじゃん。
　ベッドの上にひょいっと乗って、眠っている先輩の頬をむにっと引っ張った。
「……ん、何」
　閉じていた目が、ゆっくり開いた。
　声が眠たそう。
　おまけに起きたばかりだから、ちょっぴり機嫌が悪そう。

「もう夕方ですよ」

「……ねむ。まだ起きたくないんだけど」

　なんて言いながら、わたしのお腹に顔を埋めてギューッてしてくる。

「文化祭もう終わっちゃいましたよ」

「別に興味ないし」

　わたしは楽しみにしていたのに。

　ほんとは先輩と回りたかったのに。

「……杞羽チャン拗ねてる？」

「拗ねてますよ」

「そんなに楽しみにしてた？」

「だ、だって……。先輩に見てほしかったですもん。せっかく浴衣着せてもらって髪とかメイクとか可愛くしてもらったのに」

　すると、先輩が急にバッと顔を上げた。

「……何それ、聞いてないんだけど。杞羽の可愛い姿見られるなら行ったし」

「うぅ……あと出しはずるいですよ」

「俺以外の男に愛想振りまいて可愛い顔してたの？」

「人聞きの悪いこと言わないでください……っ。それに、今日はずっと千里と一緒だったから」

　先輩の前で久しぶりに千里の名前を出した。

　ちょっぴり期待してる自分がいる。

　千里の名前を出したら先輩がヤキモチを焼いてくれるんじゃないかって。

　文化祭に来てくれなかったお返し。

「……へー、幼なじみくんと一緒に回ったわけ？」

　先輩の顔を見下ろしても、その表情は期待どおりには崩れてくれなかった。

「だって、先輩が来てくれないから」

　むっと唇を尖らせて言ってみた。

「……なら、俺も他の女の子と遊びに行ってもいーの？」

　妬かせるつもりだったのに、なんでかわたしのほうが不安にさせられてる。

「や……です」

「なんで？　杞羽だって幼なじみくんと２人で仲良くやってんじゃん」

「そ、それは……っ」

　いつだって、わたしのほうが優位に立てることはなくて、ヤキモチを焼いてほしいから仕掛けたのに失敗して後悔。

「……俺は杞羽だけがいいのに。杞羽は違うの？」

「ち、違わない……です」

「じゃあ、俺以外の男に可愛い姿見せちゃダメでしょ」

「うぅ……」

　やだやだ、結局先輩の思いどおり。

「返事は？」

「ぅ……」

「……ちゃんと返事できない口は塞ぐよ？」

　またそんなこと言って、ただキスしたいだけのくせに。

　むくっと体を起こして、あっという間にわたしを組み敷

いた。

「このまま狂って襲いたくなる」

「へ……っ!?」

「ってか、俺いますごく拗ねてる」

　今度は突然拗ねてるなんて子どもみたい。

「ご機嫌取ってよ、杞羽チャン」

　さっきまで先輩のほうが上にいたのに体勢逆転。

　グイッと腕を引かれて、今度はわたしが先輩の上に覆い
かぶさっている状態になってしまった。

「や、やだ……っ」

　こんな体勢、わたしが迫ってるみたいじゃん……っ。

「杞羽からキスして」

「っ……」

「……ちゃんと俺のこと満足させてよ」

　フッと余裕そうに笑って、ぜったい先輩のほうから触れ
てこない。

　でも、わたしが逃げないように腰のあたりに手を回して
力を込めてくる。

「せ、先輩イジワル……っ」

　このアングルめちゃくちゃ嫌だ。

　顔を見られたくないときは、いつも下を向くクセがある
から。

　でも、今は下を向いたら先輩がいる。

　どこを見たらいいのかわかんなくて、顔だけがどんどん
赤くなっていく。

　それに、腕の力がちょっとでも抜けたら先輩の上にドサッと倒れちゃう。

「……ってかさ、先輩呼びやめない？」

「へ？」

「俺は杞羽って呼んでんのに不公平じゃない？」

「だ、だって、先輩は先輩ですもん」

　それに、ちゃんと下の名前で"暁生先輩"って呼んでるのに。

「んじゃ、俺は杞羽後輩って呼べばいーの？」

「え、えっ!?　なんかそれは違くないですか!?」

　杞羽後輩って何!?

　そんな呼び方フツーはしないよね!?

「だって杞羽は俺のこと暁生先輩って呼ぶじゃん」

　そりゃ先輩は先輩って呼ぶものじゃん。

　なのにその逆で後輩って呼ぼうとしてくる先輩の思考がまったくわかんない。

「せ、先輩は年上だから……です」

「ってか、敬語も使わなくていーよ」

　えっ、えっ、なんかいきなり慣れないことばっかり言ってくる。

「……今から敬語使ったらキスね」

「ええ……っ」

　何そのとんでもルール。

　使わないようにしても、無意識にぜったい使っちゃうやつじゃん。

「ほら、俺のことちゃんと名前で呼んで」

「や、や……です……っ」

「はい、敬語使った」

「ぅ……んんっ」

　後頭部に先輩の大きな手が回ってきて、無理やりキスを
される。

　上にいるせいで全然逃げられない。

「……呼んで、暁生って」

「っ、あき……せんぱい……っ」

　呼び捨てなんてできない。

　これが精いっぱいなのに。

「それわざと？　……もしかしてキスされたいとか？」

「ち、違いま……っ」

　言いかけて途中でハッとしたけど、先輩は聞き逃さない。

「……そんなにキスされたいんだ？」

「んっ……やっ……」

　何度も何度も落ちてくる甘いキス。

　角度を変えて、まんべんなく。

「ぅ……ぁ……」

　わずかに開いた唇から甘ったるい声が漏れる。

「……その声エロすぎ」

「ふぇ……っ」

　気づいたら酸素が足りなくて頭がボーッとして、瞳が涙
でジワッと滲む。

「もっと甘い声で鳴かせたくなる」

「そんな……イジワル言わないで……っ」

「あ、敬語じゃなくなってる」

　不意に敬語が取れるときがあるけど、普段から敬語じゃないなんてぜったい無理。

「あとは名前呼ぶだけなのに。俺は早く杞羽のこと解放してあげたいのにね。苦しそうだから」

　なんて言って、愉しんでるくせに。

　ほんとはそんなこと思ってなさそうだもん。

「……それとも、もっと激しいキスしてほーの？」

「だ、ダメ……っ」

「ダメ？」

　今でも充分めちゃくちゃなキスしてるのに、これ以上されたら心臓がもたないよ……っ。

「ダメ……、ちゃんと止まって」

「んー。じゃあ、俺をちゃんと止めて？」

「無理……っ、できない」

　もういい加減、止まってくれたらいいのに。

　先輩は年上のくせに、こういうときは全然手加減してくれない。

「……暁生って呼ぶだけなのに」

「恥ずかしい……です」

　あっ、またやっちゃった。

　不意に敬語に戻っちゃう。

「恥ずかしいんですか？」

「うぅ、真似しないで……っ」

「ちゃんと呼んでくれないと襲っちゃいますよ」

　体を支える腕の力がもう限界。

　そのまま先輩の体の上に倒れてしまった。

「うぅ、もうやだ……っ。大人げないです……っ！」

　ちょっとは優しくしてくれてもいいのに。

「ほんと可愛いね」

「ま、またそうやってからかってばっかり」

　先輩の可愛いって本気にしていいのかわかんない。

　ただ気まぐれで言ってるだけみたいなところありそうだもん。

「まあ……今回はこれくらいにしといてあげる」

　まるで手加減してあげたみたいな。

「……いつか呼ばせるつもりだけどね」

「ぅ……まだ呼べない、です」

　いつかちゃんと、先輩じゃなくて暁生って呼べる日が来たらいいな……ってこっそり思ったのは内緒。

Chapter 5

まさかのご両親に挨拶

「ねー、杞羽」

　何も変わらないある休みの日。

　気づけばもう10月の中旬で、ようやく秋めいてきた頃。

　先輩の部屋で呑気に晩ごはんを食べていたとき、事件は起きた。

「うちの母親が杞羽に会いたいって」

「……は、はい？」

　えっ、いま先輩なんて言った？

　思わず手に持っていたお箸を落としそうになった。

「なんかこの前、初めて母親が俺の部屋来たんだけど。杞羽の服とか見つけて女の子と住んでるのかって問い詰められた」

　な、なんてこった。

　いや、別に隠してるわけじゃないけど。

　でも、もしかしたら先輩のお母さんめちゃくちゃ厳しい人で、まだ高校生の分際で同棲まがいなことするんじゃありません！とか言われたらどうしよう。

「せ、先輩はなんて答えたんですか？」

「彼女が来てるって言った」

　いまだに彼女って響きが慣れなくて、先輩がさらっと口にしたのすらも恥ずかしい。

「ってか、もともと隣に住んでて付き合うことになったか

ら俺の部屋でほぼ泊まってるって言った」

「そ、それで先輩のお母さんはなんと……？」

「会いたいって。杞羽に興味津々って感じ」

「ええ、なぜですか……」

　そもそも先輩のお母さんってどんな人なの？

　先輩みたいにめちゃくちゃ自由な人？

　それとも反対にすごく厳しいとか？

　とにかく、ぜったいにキレイだよね。

「俺が杞羽のこと可愛いって言ったから」

「な、なんでそんなハードル上げるんですか」

　実際そこまで可愛くないのに、そんなに期待されても困るんですけども！

　お母さんも実物と会ったらガッカリしちゃうだろうし。

「それで来週の土曜日に連れてきなさいって」

「そ、そんなぁ……！　わたしどうしたらいいんですか、今からどうやったら可愛くなれますか」

「杞羽は今のままで充分可愛いよ」

「うぅ……、ちょっとでも大人っぽく見られるようにしなきゃですね」

　なんだか今から緊張してきた。

　まだ1週間も先のことなのに。

「可愛い杞羽に会えるの楽しみって毎日メッセージ送られてくるから」

「ええ……!?　今からでもいいんで可愛いを否定しといてください……！」

　これで会ってみて、あなたみたいな子に息子は渡しませ
ん！なんて言われたらショックで立ち直れないよ。

　そして、無情にも月日が流れるのは早く、あっという間
に１週間後の土曜日を迎えてしまった。
「う……あ、どうしましょう……。ドキドキしすぎて心臓
が口から飛び出そうです」
「……そんなに？」
　朝めちゃくちゃ早起きして、ちょっとでも大人っぽく見
られるように服とか１時間かけて選んで。
　髪も普段はやらないけど、ちゃんと毛先までしっかり巻
いて、やることたくさん。
「いつもどおりの可愛い杞羽でいてくれたらいーのに」
「うぅ……それも心臓に悪いです……っ」
　ただでさえドキドキしてるのに、先輩が可愛いとかさ
らっと言うから余計ドキドキしちゃうじゃんか。

　電車とバスを乗り継いで、駅から少し歩いて到着。
「え……、ここが先輩の家ですか？」
　目の前には、なかなか大きな一戸建て。
　想像していたより、すごく立派なお家。
「そんな驚く？」
「お、驚きますよ」
　もしや、先輩の家ってめちゃくちゃお金持ちなんじゃ？
　まだ心の準備ができていないのに、玄関の扉に手をかけ

ようとしている先輩。

「えっ、あっ、待ってくださいよ……っ！」

「……もっとリラックスしなよ」

「へ……っ」

　軽く腕を引かれて、顔を覗き込むように一度だけわずかに唇が触れた。

「……どう？　落ちついた？」

「なっ……、先輩のバカァ……！」

　こ、こんな誰が見てるかわかんない場所でキスするなんて……!!

　真っ赤になっているであろう顔を必死に隠していると、なんの前触れもなく目の前の扉が開いた。

　開けたのは先輩じゃない。もちろんわたしでもない。

「わぁ、初めまして〜!!　あなたが杞羽ちゃん？」

　中から出てきた、ものすごくキレイな女の人。

　なんか菜津さんに似てるような……。

　菜津さんをもっと大人っぽくしたような。

「あっ、えっと……」

「いつも暁生がお世話になってます〜！　暁生の母ですっ」

　え、嘘。こ、このキレイすぎる人が先輩のお母さん!?

　いやいや、どう見ても子どもがいそうな感じに見えないし、むしろ先輩の彼女とか言っても全然通じるくらいなんだけど!!

「は、はは初めまして……!!　さ、紗倉、杞羽ですっ！」

　やだ、めちゃくちゃ噛んだぁ……っ。

　ちゃんと挨拶できるように練習してきたのに……！

「やだ〜、ほんとにすごく可愛い子じゃない〜！　暁生ってば、いつの間に、こんな可愛い子を彼女にしちゃって！」

　な、なんか想像していた感じと違った。

　もちろんいい意味で。

　話し方とかテンションが先輩とまったくの真逆。

「ささ、こんなところで話すのもあれだから、上がってちょうだい？」

「あ、ありがとうございます」

　まだまだ緊張は全然ほぐれない。

「今お菓子と紅茶も用意するから、よかったらゆっくりくつろいでね？」

　リビングに通してもらって、先輩のお母さんがルンルン気分でキッチンのほうへ。

　ってか、やっぱり先輩の家お金持ちじゃん。

　リビングものすごく広いし、部屋の雰囲気とか先輩のお母さんの趣味なのか、可愛いものばかりが置かれている。

「あっ、わたしも手伝います……っ」

「いいのよ〜。杞羽ちゃんはお客さんなんだからゆっくりしててちょうだい？」

　ゆっくりと言われても、慣れない雰囲気だから全然くつろげる気がしない……！

　そんなわたしに対して先輩は、ふかふかのソファにドンッと座って、すでにお疲れモード。

「はぁ……やっぱ母さんのテンションだるい」

「えぇ、明るくて美人で、とてもいいお母さんじゃないですか！」

　クッションを抱えて、つまんないって顔をしてる。

「俺は杞羽と２人で過ごしたかったのに」

「へ……っ？」

「……抱きしめて息できないくらいキスしたかった」

「んなっ!!　ここでそんな話やめてくださいっ!!」

　なんともない顔して、そんな爆弾落とさないでよ……!!

　グイッと腕を引かれて、先輩が座るソファの隣に。

　ここが実家で、お母さんもいるのにグイグイおかまいなしに近づいてくる先輩。

「……なんなら今ここでする？」

「な、何を言って……」

「俺、けっこー本気」

「ダメですダメです、ぜったいダメです!!」

　今こそ流されちゃいけないと思って、全力で拒否して近くにあったクッションを先輩の顔面に押しつける。

「俺クッションとはキスしたくないんだけど」

「い、今はダメです……！」

　先輩なら本気でやりかねないから、きちんと逃げないとここではさすがにまずい！

「……んじゃ、いつならいーの？」

「か、帰って……から」

「じゃあ、今すぐ帰る」

「ダメです、まだ来て数分しかたってません」

　いつもそうだけど、隙があればすぐ抱きついたりキスしてくるから。

「……我慢とか苦手なんだけど」

「我慢してください……っ」

「杞羽チャンは厳しいですね」

「先輩は自由すぎです」

　こんな会話をしていたら、先輩のお母さんが紅茶とクッキーを持ってこちらにやってきた。

　なので、慌ててちょこっとだけ先輩と距離を取った。

　たぶんこれが気に入らなかったのか、先輩のほうからちょこっとまた距離を詰めてくる。

　それに、ソファについている手の上に、そっと手を重ねてくるから。

「ひぇ……っ、先輩……っ」

　やだやだ、いきなりすぎて先輩のお母さんの前で変な声出ちゃったし……！

「ふふっ、若いっていいわね」

　そんなわたしたちの様子を見て、クスクス笑っている先輩のお母さん。

　自由すぎる先輩のことだから、我慢とかできなくなってお母さんの前でフツーにいつもみたいにされたらどうしよう……！

「暁生、すっかり杞羽ちゃんに懐いちゃってるのね～。昔から他人にまったく興味がなくて、彼女なんて紹介してくれたことなかったから」

「え、先輩って彼女いたことないんですか？」

　てっきり元カノなんて５人以上いると勝手に思っていたのに。

「……彼女なんて別に必要なかったし。ってか、欲しくなかった」

　ほ、ほんとに？　だってだって、先輩いろいろ慣れてるくせに。

　そーゆーこと、過去にいろんな女の人としてきたから慣れてるんじゃないのって思っちゃう。

　性格は自由すぎるけど、顔は誰が見てもかっこよくて整っているから。

「ずーっとね、彼女いないのって聞いてもいないし興味ないみたいなことしか言わなくてね。ほら、暁生ってば面倒くさがり屋で自分のことすら何もしたがらないから」

　た、たしかに。

「それなのに、この前初めて暁生の部屋に行ったら女の子の私物がたくさんあるじゃない？　だから、わたしびっくりしちゃって」

「す、すみません……。先輩の部屋なのにわたしなんかのものがあったりしちゃって」

「いいのよいいのよ！　ただ、すごくびっくりして問い詰めたら彼女のものだって言うからね！　暁生が興味を示してる女の子がどんな子なのか母親としては気になるものじゃないっ？」

　ほんとに、びっくりするくらい先輩とは正反対でよく喋

るお母さん。

　明るくて楽しそう。

「それで、暁生は杷羽ちゃんのどんなところが好きなのよ？」

　えっ、ド直球すぎませんかお母さん。

　わたしですら、そんなに聞いたことないのに。

　チラッと横目で先輩を見たら。

「んー……ぜんぶ」

　わたしの肩にコツンと頭を乗せて、おまけに指を絡めて手をギュッと握ってくる。

　し、しずまれわたしの心臓の音……！

　不意打ちはぜんぶずるいよ……っ！

「あらあら、杷羽ちゃん顔真っ赤になっちゃってるじゃないっ！」

「え、あっ……うぅ」

「照れてる姿が初々しいわね～！」

　先輩みたいにフツーに喋りたいのに動揺してばかり。

　ってか、お母さんの前なのにこんなベッタリするの恥ずかしいじゃん……！

「こんな可愛い子が彼女だなんて、暁生はすごく幸せね～」

「やっ、えっと、わたしなんてそんな……っ」

「謙遜してるところもまた可愛いんだから～！」

　こんな感じで、ずっと先輩のお母さんとお話しさせてもらって、あっという間に夜を迎えてしまった。

　よかったら晩ごはんも食べていってと言われたので、ご
馳走(ちそう)になることに。

　先輩のお父さんは、今日はあいにく出張で家に帰ってこ
ないらしい。

　会ってみたかったなぁ。きっとかっこいいに違いない。

　先輩はお母さんにあまり性格は似ていないからお父さん
に似ているのかな。

　だとしたら、お父さんもこんな感じの自由気ままなタイ
プの人？

「あっ、そうだ〜！　せっかくだから今日ここに泊まって
いかない？」

「え？」

　ボケッとそんなことを考えていたら、先輩のお母さんか
ら突然の提案。

「ほら、もう夜も遅いし。明日も日曜日で学校お休みだか
らいいじゃない〜！」

　というわけで——。

　流れのままに、先輩のお家に泊まることが決定。

「着替えとかは菜津のがあるから、それを使うとして〜。
寝るときは菜津の部屋を使ってちょうだいね？」

「あっ、はい」

　どうやら菜津さんは実家には戻っていないみたい。

　彼氏さんのところに戻れたのかな。

　と、というか……さっきからものすごく先輩の機嫌が悪

そうに見えるのは気のせい？

　なんかめちゃくちゃ仏頂面してる。

「あ、暁生先輩……？」

「……なんで杞羽と別の部屋なの」

「へ？」

「ってか、いつも一緒に寝てんだから俺の部屋で寝ればいーじゃん」

　えっ、あっ、もしかして拗ねてる……というか不機嫌な理由ってそれ？

「い、いやいや、ここ先輩のご実家ですし……っ！　あ、あんまり変なことできない……」

「ふっ……変なことって、どんなことされるの期待してんの？」

　し、しまった。墓穴掘った……。

「い、いや……何も期待してないです！」

「杞羽チャンやらしー」

「なっ!!」

　先輩に言われたくないし!!

「そんな期待してんなら、寝込み襲ってあげよーか？」

「け、結構です……っ!!」

　もうありえない！と思いながら、先輩にクッションを投げつけた。

　そんなこんなで、ごはんを食べ終えて、お風呂もすませてようやく寝る時間。

　菜津さんの部屋に案内してもらった。

　部屋はあんまり使われている感じはないけど、すごくキレイに保たれている。

　部屋に1人でポツンといると少し物足りないっていうか、ちょっとさびしい。

　でも、さっき先輩の誘いを断った手前、今さらさびしくなったから……なんて言えるわけない。

　1人で眠るには充分な広さのベッドにドサッと倒れて、真上の灯りをぼんやり見つめる。

　そういえば、こうやって先輩と離れて寝るのは久しぶりかもしれない。

　いつの間にか、先輩がそばにいる生活が当たり前になっていた。

　別にずっと離れることになったわけじゃないし、ただ今日だけ違う部屋で眠る——それだけ。

　なのに1人って案外さびしい。

　いつもは先輩がベッタリで、ちょっとは離れたほうがいいんじゃないって思うときもあったけど。

　いざ、こうしてちょっと離れてみたら、さびしく感じるのはわたしのほうだったみたい。

「やだやだ、もう早く寝ちゃおう……」

　部屋の電気を暗くして、体を丸めてギュッと目をつぶる。

　でも眠くならない。

　普段まったく気にしない時計の針の音が、カチカチ妙にはっきり聞こえてくる。

　ベッドに入って１時間くらいがあっという間にすぎてしまう。

　体を右に向けたり、左に向けたり。

　いろいろ変えても眠気は襲ってこない。

　いつも先輩が隣にいたら、すぐ眠りに落ちるのに。

　自分が想像していた以上に先輩がそばにいないとダメみたい。

「うぅ、もうやだ……」

　観念して先輩の部屋に行くしかない……と、思った直後。

　いきなり部屋の扉がゆっくり音を立てて開いた。

　真っ暗なせいで、誰が入ってきたのかわかんない。

「……そろそろさびしくなった？」

　でも、声を聞けば誰かわかっちゃう。

　わたしがさびしがっていることなんて、ぜんぶお見通しなんだ。

「寝込み襲いに来ましたよ、杞羽チャン」

「うぅ……」

　ベッドのそばに──先輩の気配。

　後ろから大好きな温もりに包み込まれた。

「……そろそろ杞羽チャンがさびしくなる頃かと思って来てあげましたよ」

「っ……」

「……俺がそばにいなくてさびしかった？」

　口にするのが恥ずかしい。

　だから、体の向きをくるっと変えて、ただギュウッて抱

きつく。

　でも、きっと先輩はこれでわかると思う。

「さびしかったんだ？　……かーわい」

　ほら、うれしそうにこんなこと言うんだから。

「杞羽チャンは俺がそばにいないとダメなんだね」

　主導権は完全に暁生先輩。

「……それじゃ、俺の部屋に連れていっちゃおーか」

　ふわっと抱き上げられて、先輩の部屋に連れていかれた。

　ベッドの上にゆっくりわたしをおろそうとする。

「……あれ、どーしたの」

　先輩の首筋に腕を回したまま。

　ギュッとして離れない。

「先輩もギュってして……っ」

「……わがままなお姫さま」

　なんて言いながら、ちゃんと抱きしめ返してくれる先輩はわたしにとことん甘い。

「ずるいよね。杞羽って不意にこうやって甘えて可愛いこと言うから」

「ずるいのは先輩も同じです……っ」

　いつだって、わたしのほうが振り回されてばかり。

「そんな生意気なこと言ってる口は塞いじゃうよ」

「いい、ですよ……」

「へぇ、大胆だね」

「先輩から言ったくせに……っ」

　強気に見つめたら視線が絡んだのはほんの一瞬で、すぐ

にいつもみたいに甘すぎるキスが落ちてきた。

　でも、一度だけ。

　軽く触れたらすぐに離れちゃった。

「……ほんとはもっとしたいけど」

「っ……？」

「なんか今日の杞羽ものすごく素直だから、これ以上やったら危なそう」

　危なそう……とは？

　いまいち意味がわかんない。

「いつも理性死にかけてんのに」

　最後に強くギューッとわたしを抱きしめたら、そのまま一緒にベッドに沈んだ。

「……だから、今日はここまでね」

　甘い甘い、いつもの先輩の匂い。

　温かくて、優しくて、安心できる腕の中。

　なんだかんだ言って、わたしのほうが先輩にベタ惚れしている……みたいなところあったり。

　離れないように、いつもより強くギュッて抱きついてみたら。

「……今日の杞羽チャンは積極的ですね」

「積極的なの嫌い……ですか？」

「んーん、むしろ大歓迎」

「先輩がいないと眠れなくなっちゃったみたいです……」

「ずいぶん可愛いことばっか言うじゃん。襲っていいの？」

「なっ、ダメです……！　先輩のお母さん下で寝てますか

ら……！」
「声我慢したらいーじゃん」
「や、やです……っ」
「あー、でも杞羽チャンは感じやすいから声抑えられない
もんね」
「うっ……、そんなこと口にしないでください……」
　先輩の攻め方がずるいんだもん。
　わざと声を出させるように、弱いところばっかり攻めて
くるから。
「……杞羽は俺なしじゃダメになっちゃったんだ？」
　先輩の腕の中でコクッと首を縦に振る。
「……じゃあ、俺のお嫁さんになるしかないね」
「へ……っ、なんですかいきなり」
「母さんが杞羽みたいな娘が欲しいって」
「そ、それはうれしいですね」
　なんか突然プロポーズみたいなことを言われたせいで、
変にドキドキしちゃう。
「春瀬杞羽ってかわいーじゃん」
「っ……!?」
　またそうやって、わたしの心拍数をドンッと一気に上げ
るんだから、ずるい──。

可愛すぎる彼女

【暁生side】

　スヤスヤと隣で眠る杞羽。

　さっきまで積極的で大胆だったくせに。

　俺の腕の中で安心しきったように眠ってる。

　こっちは変な気が起こったせいで全然眠れないし。

　無防備な寝顔。警戒心ゼロ。

　こっちがどれだけ我慢してるか知らないくせに。

　眠っているのをいいことに、杞羽のやわらかい頬をむにっと引っ張ってみる。

「ん……むにゃ」

　はぁ……何この可愛い生き物。

　ほんとダメ……ちょっと可愛い声を聞いただけでグラつく自分の情けない理性。

　しかも、無意識に俺の腕にギュッと抱きついてくるから、やわらかいのあたってるし……。

　真っ暗な部屋の天井をぼんやり眺める。

　あー、なんか別のことを考えて気を散らさないと。

　どうでもいいことを考えようとしても、こういうときに限ってまったく浮かんでこないし、意識が腕のほうに集中するばかり。

　……うん、これはかなりまずい。

　いったん距離を置いて頭を冷やさないと何をするかわか

んない。

　さすがに寝てる相手に手を出しちゃいけないことは理解してるはずだけど、理性が保てるかどうか。

　杞羽には悪いけど、少しの間だけ１人で寝てもらうしかない。

　部屋を出て、少し落ちついてから戻ることにしよ。

　もし杞羽が次に目を覚ましたときに、俺がそばにいなかったらさびしがるだろうから。

　杞羽は一度眠ったらほとんど目を覚まさないから。

　そっと杞羽の体を離したら──わずかにピクリと動いた。

「……ん？　せんぱい……？」

　少し眠たそうな可愛らしい声が鼓膜を揺さぶる。

　さっきまで閉じていたはずの大きな瞳がゆっくり開いて、何度かまばたきを繰り返している。

　あぁ、何その可愛い顔。

　普段は俺より杞羽のほうが先に起きているから、寝起きを見るのはほぼ初めてかもしれない。

　まあ、まだ夜中だけど。

「どーしたの、杞羽チャン。起きたの？」

　平静を装って、いつもと変わらない口ぶりで話したつもり。でも、実際は余裕なんかなくて、いつタガが外れてもおかしくない。

「ん……、なんかね先輩が離れちゃったような気がして」

　あぁ、なんなのこの子。

　俺の心臓を止めにかかるつもり？

　ただでさえ、こっちは我慢するのに必死で全然眠れないっていうのに。

　なんで今日に限って目覚ましちゃうかな。

「離れないと危ないんだよ」

「どうして……っ？」

　お願いだからそんな甘い声でさびしそうな顔しないで。

　男ってこういうとき、とことん苦労する。

　とくに、天然で鈍感な彼女がいるならなおさら。

「杞羽チャンは知らなくていいこと」

　自分の欲を抑え込むのに必死。

　頭を撫でるのが精いっぱい。

　これでおとなしく言うことを聞いてくれたらいいのに。

「やだ、さびしい……っ」

　まあ、そう簡単にはいかないよね。

　こういうときだけ小悪魔っぷりを発揮するんだから。

　さっきまでは俺と部屋が別れても平気みたいなこと言ってたくせに。

　寝る前、俺が自分の部屋に行こうとしたら引きとめてはこなかったものの、すごくさびしそうな顔をしてた。

　そこで『やっぱり一緒に寝る？』とあえて聞かなかったのは、杞羽にもっと甘えてほしかったから。

　杞羽の口から『さびしいから先輩と一緒じゃなきゃ、やだ……っ』って、ねだってほしかったのもある。

　でも、さびしがる杞羽を放っておけず自分から声をかけに行く俺は、とことん杞羽に甘いと思うんだよね。

　それで結局、甘えられたら理性が保てずに自爆してるっ
てやつ。

　いや、杞羽が予想を遥かに超えるくらい可愛いから、そ
れも悪いじゃん。

「俺もね、さびしいんだけどいろいろまずいの。わかって
杞羽チャン」

「わかんない……っ。ぜったい離れないもん……っ」

　あー、頼むからそんな抱きついてこないでよ。

　もうこれ誘ってるようにしか見えないよ。

　ここで我慢してる俺って相当えらいと思う、褒めてほし
いくらい。

　こんなに俺から余裕を奪っていくのは杞羽くらい。

「っ、わかった、わかったから。とりあえず杞羽チャンいっ
たん腕から離れて。俺が抱きしめてあげるから」

　言い合いしてたらキリがないし。

　こうなったら早く寝かせたほうがいいと判断。

「ちゃんと抱きしめてくれる……？」

「うん。ほら、おいで」

　なけなしの理性を振り絞って、小さな体をしっかり抱き
しめてあげる。

　守ってあげたくなる小動物系ってまさに杞羽みたいな子
のことを言うんだろうね。

「離れちゃダメ、ですよ……っ？」

「離れないよ。いい子だから早く寝ようね」

　頼むからこれ以上、惑わすようなことしないで──と背

中をトントンしていたら。

　少しだけクイッと顔を近づけて軽く唇を重ねてきた。

「えへへ……おやすみなさい……っ」

　っ……、不意打ちはダメだって。

　普段は自分からキスなんかしてこないくせに。

　どうしてくれんの、もう俺ぜったいこの状況で寝るとか無理だから。

　まあ、でも可愛い彼女のためなら、これくらい我慢するしかない……ね。

　大切に包み込むように抱きしめたまま……一晩を過ごした。

　そして迎えた翌朝。

　あー……結局、一睡もできなかった。

　ってか、よく俺毎日こんな可愛い杞羽がそばにいて寝れるなって思い始めてきた。

　昨日は杞羽がいつもより大胆だったせいもあるけど。

　帰ったらいったん寝ないと体力持たない。

「ん……っ？」

　小さな唇から可愛らしい声が漏れて、杞羽が目を覚ました様子。

　俺の腕の中で体をゴソゴソ動かして、急にパッと顔を上げた。

「せんぱい……？」

「ん？」

「おはようございます……っ」

　寝起きの破壊力って心臓に悪いね。

　いま心臓が変なふうになったんだけど。

「ん、おはよ」

　起きたら杞羽を抱きしめて、そのあとキスするからいつもどおりしたんだけど。

　キスしたあと、なんでか俺をジッと見つめたまま。

　え、何その物足りないって顔。

　杞羽はとにかく顔に出るからものすごくわかりやすい。

「もっと、先輩とギュッてしたい……です」

　最近、甘え方がものすごくうまくなってない？

　俺はこんな可愛い甘え方、教えてないのに。

　どこで覚えてきたの……。

　無自覚でやってたらタチ悪いよ。

「朝から積極的だね」

「積極的なの嫌い……ですか？」

　デジャブ——真っ先に浮かんだ言葉はこれ。

　昨日の夜と状況がまったく同じすぎて。

　ここで昨日みたいに『むしろ大歓迎』とか言える余裕なんてまったくないし。

　本格的に理性がグラついて崩れそうになった瞬間。

「暁生〜！　もう朝だから早く起きなさい！」

　母さんのうるさい声が耳に入ってきた。

　同時に部屋の扉が勢いよく開けられて。

「もう、ほら早く——って、あら杞羽ちゃんも一緒に寝て

たの!?」

　はぁ、うるさ……。朝からなんでこんなテンション高い
わけ。うるさすぎて耳にキーンとくるし。

　まあ、今部屋に入ってきてくれて助かったけど。

　俺のベッドで寝ている杞羽を見つけて、さらにテンショ
ンが上がっているのかニヤニヤしてるし。

「やだ〜、部屋分ける必要なかったのね！　それなら最初
から一緒に寝るって言ってくれたらよかったのに〜！」

「あっ……ぅ……」

　めちゃくちゃ照れてる。たぶん、一緒に寝てるのがバレ
て恥ずかしがってるに違いない。

「杞羽が俺がそばにいないとさびしいって言うから」

　もっと照れるようなことをわざと言ったら、口をパクパ
クさせながらさらに顔が真っ赤になってる。

　ほんと可愛いんだから。この顔が見たくてイジワルした
くなるんだよね。

　母さんがいなかったらぜったいキスしてた。

「あらあら！　杞羽ちゃんってば、さびしがり屋さんなの
ね！　暁生に甘えてるなんて可愛いわね〜」

「まあ、杞羽はいつも俺の前では甘えん坊だから」

「なっ……ぅ……」

　否定しないで照れてるところも可愛いし。

　こんな可愛い顔、母さんにすら見せたくない。

　他の男なんて論外。俺だけじゃないとぜったいダメ。

「それじゃあ、２人の時間を邪魔しちゃうのも悪いから、

準備できたらリビングのほうに来てね」

　そう言って、母さんは部屋から出ていった。

　杞羽は相当恥ずかしかったのか、自分の手で顔を覆ったまま。

　その手を無理やりどかしてフッと笑って杞羽を見たら「先輩のバカァ……ッ」って、頬を膨らませて上目遣いで見つめてくるもんだから。

　自分の中で何かがプツリと切れた音がした。

「……朝から煽っちゃダメでしょ」

「へ……っ、んんっ……」

　小さな唇に自分のを重ねた。

　あぁ、これヤバいかも。歯止めがきかない。

　やわらかくて中毒性があるから何度もしたくなる。

「あき、せんぱい……っ」

　キスしてるときに漏れる甘い声とか。

　少し切なそうに俺の名前を呼ぶところとか。

　必死にキスに応えようとしてるところとか。

　ぜんぶ——可愛くて、もっと欲しくなる。

「杞羽……俺のこと見て」

　わずかに唇を離して言ったら、恥ずかしいのか目をギュッとつぶったまま首を横に振っている。

「もっと可愛い杞羽チャン見せて」

　キスしてるときの杞羽は従順で、ぜったい俺の言うこと聞くから。

「うぅ……っ」

　ほら、ゆっくり目を開けて控えめに俺のこと見てる。

「や……っ、これ恥ずかしい……っ」

　うわ……なんかこれたまんないかも。

　唇が触れたまま目が合うって、思った以上にいい。

　杞羽は恥ずかしくて限界なのか、瞳に涙をためておろお
ろした顔で俺のことを見つめるから。

「そのまま閉じちゃダメだよ」

「ぅ……」

　また強引にキスを何度も落とす。

　軽く触れて、唇をわずかに動かしたり。

　まんべんなく深くしたり。

　杞羽は苦しいのか、俺のシャツを小さな手でギュッと握
るけど、その仕草にすらクラッとくる。

　だから、優しくその手をとって指を絡めて握り返してあ
げる。

「ん……っ、もう、苦しい……っ」

　そろそろ杞羽が限界っぽそう。

　キスなんて何回もしてんのに、いまだに慣れないのか息
を止めたまま。

　だから、いつもキスが終わったら力が抜けて俺にぜんぶ
をあずけてくる。

「はぁ……っ、ぅぅ……」

「ちゃんと息しなきゃダメでしょ？」

「できない……です」

　苦しくならないように、たまに息を吸うタイミングを

作ってあげるけど、うまくできてないし。

　それで最後は酸素不足になって苦しがるし。

　無理はさせるつもりないけど、いい加減もっと慣れてく
れないと……ね？

「もっと杞羽チャンとキスしたいのに」

「先輩はキスしすぎです……っ！」

　ほら、またそうやって上目遣いで見るんだから。

　怒ってるんだろうけど、むしろ煽ってるし逆効果。

「……杞羽が可愛いからキスしたくなるんだよ」

「うぅ……」

　ほんと、可愛さ無限大だね。

「あら、やっと２人とも来たのね！　朝ごはん用意してあ
るから食べちゃってね〜！」

　杞羽と一緒にリビングに向かうと、すでにテーブルに朝
食が用意されていた。

　イスに座ってサンドイッチに手を伸ばして食べるけど、
眠くて仕方ない。

　ほぼ一睡もしていない状態だから、さっきからあくびが
止まらない。

「眠いですか？」

「んー……まあね」

　正面に座ってサンドイッチを小さな口でパクパク食べて
る姿すら可愛いってどういうこと？

「そりゃ、そんな可愛い子が隣で寝てたら暁生も落ちつい

て眠れないわよね〜」

　はぁ、余計なこと言わなくていいし。

　杞羽は意味がわからないのか、首を傾げて不思議そうな
顔をして母さんを見てる。

「えっと、先輩が寝不足なのってわたしのせいですか？」

　ほら、真に受けてシュンとしてるし。

「……別に杞羽のせいじゃないよ」

「で、でも……っ」

「そんな不安そうな顔しなくていいよ。ただ、昨日ちょっ
と寝つき悪かっただけだから」

　きちんと言っておかないと変なふうに勘違いして、もう
俺と寝ないとか言われたらそれはそれで困るし。

　すると、このやり取りをそばで見ていた母さんが「暁生っ
てば、ほんとに杞羽ちゃんには甘いのね〜」なんて言うか
ら、速攻ここから帰りたくなった。

　朝ごはんを食べたあと、着替えをすませてそのまますぐ
に帰る予定だったんだけど。

「きゃー、この写真の杞羽ちゃんすごく可愛い〜！」

「そ、そんなそんな……っ」

　母さんがかなり杞羽を気に入ったのか、なかなか帰らせ
てもらえず今は杞羽のスマホに入っている写真を2人で見
て楽しんでるっぽい。

　ちなみに俺はそっちのけにされて、杞羽の隣で自分のス
マホを無言でいじってる。

「暁生と一緒に撮った写真はないの〜？」

「あっ、それがあんまり撮ってなくて」

　そういえば、いつも2人でいるのが当たり前だから写真とかそんな撮ったことないっけ。

　正直写真とかあんま興味ないし。

「そうなのね〜。あらっ、この男の子は!?」

「あっ、この子は幼なじみです。文化祭のときに一緒に撮ったんです」

　気になってチラッと隣に目線を向けたら、木野クンと撮ったツーショットの写真。

「あらま〜、すごくかっこいい子ね！」

　俺のほうを見て言ってくるあたり、嫌味にしか聞こえないんだけど。

　写真に興味ないとか撤回。

　木野クンと写真撮ったってだけでムカつく。

　俺の杷羽なのに、他の男の隣で笑ってほしくないし。

　いや、もとをたどれば俺が文化祭に行かなかったのが悪いんだけどさ。

　すると、急に母さんのスマホが鳴った。

　どうやら電話で相手は父さんだったみたい。

　出張から帰ってきて駅のほうまで車で迎えに来てと頼まれ急きょ家を出ることに。

　残されたのは俺たちだけ。

　さっき文化祭と木野クンの話題で終わってしまったせいで、なんだか気まずい空気が流れる。

　ここで違う話題をうまく振れたらよかったけど、残念ながら俺はそこまで大人じゃない。

「木野クンと文化祭回って楽しかった？」

　子どもっぽいけど、わざと拗ねた声で聞いてみた。

　いつもの杞羽ならきっと、『先輩が来てくれないのが悪いんですよ！』とか、ちょっと怒って強気に言い返してくると思ったけど。

「た、楽しかったですよ。でも……」

　声がさびしそうで弱そう。

　俺が思っていた反応とはだいぶ違った。

「でも？」

「ほんとは、先輩に文化祭来てほしかったのに……っ」

　あぁ、ものすごく悲しそうな顔してる。

　俺的には文化祭なんてなくても、普段から杞羽と一緒にいられたらそれで充分みたいなところあったけど。

　どうやら、杞羽にとってはどうしても来てほしかったみたいで拗ねている。

「……杞羽チャンごめんね」

　こんな顔させてるなんて自分最低だなって。

　前の自分なら、誰かのためにとかそんなこと考えるのも面倒だし行動するなんてありえなかったのに。

　常に自分本位で、他人のことは気にもかけなかったし。

　でも、杞羽のためならなんだってしてあげたいし、こうやって悲しむ顔は見たくない。

「先輩は今年が最後なのに」

「そうだね。だったら、来年の文化祭は一緒に回ろっか」

　今年で俺は卒業だけど、杞羽はまだ来年があるし。

　卒業生も文化祭に参加できるはずだから、来年はちゃんと杞羽のお願い聞いてあげないとって。

　すると、杞羽はなんでか驚いた顔をしてる。

「う、うれしい……です」

　今度は、へにゃっと笑ってるし。

「文化祭回れるのが？」

「そ、それもそうなんですけど。今、先輩がさらっと来年も一緒にいてくれるようなこと言ってくれたから」

「……だって、杞羽と離れるとか考えられないし。ってか、離すつもりないんだけど。杞羽は違うの？」

　俺の問いかけに首をフルフル横に振ってる。

「せ、先輩のそばにいるのは、ずっとわたしじゃなきゃ嫌です……っ」

　悲しそうにしたり、拗ねたり、びっくりしたり、可愛く笑ったり──表情豊かな子。

　こうやって、また杞羽の魅力にどんどんはまっていく。

「……ほんと可愛いんだから。俺の理性いつまでもってくれるか心配」

「先輩に可愛いって言ってもらえるのうれしいです……っ」

　本音を言うなら、今すぐにでも息ができなくなるくらいキスしてめちゃくちゃにしたいけど。

　そこはなんとか堪えなきゃいけないところ。

「杞羽チャンの可愛さに俺いつか殺される気がする」

「ええ、なんですかそれ」

　おかしそうに笑ってるけど、冗談抜きでほんとに。

　でも、この可愛らしい笑顔のためならそれくらいのこと我慢しないとって思えるくらい、杞羽の天然パワーすごいなって。

　杞羽を見ていたら可愛い以外の語彙失うし。

　ってか、存在自体がもはや可愛いし。

　はぁ、俺ヤバい気がする。相当重症じゃん……。

　いつもは俺が振り回してると思っていたけど、気づいたら俺のほうが杞羽の可愛さに振り回されてる気がするんだけど。

「……早く帰って杞羽チャンとイチャイチャしたいね」

　冗談半分で、からかって言ったつもり。

　照れて恥ずかしがるかと思ったのに。

「か、帰ったらたくさん甘やかしてください……っ」

　ギュッと抱きついて、ねだるような瞳で見てくるから、ここが実家でよかった。

　もしマンションの部屋にいたら手出してたし。

「ほんとずるいね」

　俺の我慢は、しばらく続きそう。

キス以上とか

　季節はあっという間に冬を迎えた。

　気づけば、マフラーや手袋が欠かせないくらいに寒くなってきた12月。

「起きてください、先輩」

　先輩の部屋で過ごす毎日は数ヶ月前と変わらない。

　夜、一緒に眠るのも朝起きたらいちばんに先輩の顔を見るのも変わらない。

「ん……、さむ……」

「寒いけど頑張って起きてください。今日で学校終わりですよ?」

「サボりたい……。ってか、杞羽のこと抱きしめてるだけでいい」

「ダメです。ちゃんと起きなきゃ遅刻しちゃいます」

　毎朝こんな調子だから困っちゃう。

　いつまでもこうしてはいられないので、先輩の腕の中から抜け出して体を起こすと。

「……うわっ」

　体ごとグイッと引っ張られて、あっけなく先輩の腕の中に逆戻り。

「……俺のこと1人にしないで」

　先輩のわがままは相変わらず――。

　こんな感じで朝はとてもゆっくり。

　いつも遅刻ギリギリになっちゃう。

　そして、無事に終業式がおわって、明日からは短いけど冬休み。

「はぁ～、ほんと春瀬先輩と杞羽はラブラブだね～。うらやましい～」

　学校帰りに沙耶と買い物をして、カフェでお茶をしているところ。

「ラブラブなのかな」

「あのねぇ、そもそも世の中の高校生カップルは同じベッドで毎日寝ませーん」

「ちょっ、大声でそれ言うのやめてよ!!」

　あらためて口にされると、すごく恥ずかしいんだけど！

「なに言ってんの、事実じゃない～。こりゃ、春瀬先輩が卒業したら結婚か？」

「いやいや、結婚とかそんな現実味ないし」

　高校生であるわたしたちに、結婚なんてワードはまだまだ早いような気がする。

「もういっそのこと子ども作っちゃえば？」

「ぶっ!!」

　飲んでいたミルクティーを噴き出しそうになった。

「なーにその初々しい感じの反応は～。毎日イチャイチャしてるくせに～」

「な、なっ……!!」

「まあ、春瀬先輩は卒業だけど杞羽はまだ学校あるから子

どもはダメか〜」

「も、もうその話やめて!!」

　沙耶ってば、なんでこんな大胆すぎる話を外で堂々とできちゃうの……!?

「どうせ春瀬先輩と口にできないようなことばっかしてるくせに〜」

「し、してないから!!」

　口にできないようなことってなんのこと……!

「ほほーう。だったら、春瀬先輩はまだ杞羽に手を出してないってこと?」

「うっ……」

「もうすぐ付き合って半年くらいじゃない?」

「ま、まだ半年ってほどじゃない……けど」

「でもさー、毎日同じベッドで寝てるわけでしょ?　フツーなら変な気起こりそうなのに」

　へ、変な気……とは。

「キスしかしてないんでしょ?」

「し、してない……」

「んじゃ、春瀬先輩は間違いなくフツーじゃないね」

「えぇ……」

「こんな可愛い杞羽と毎晩一緒に寝てて、なんの気も起こらないなんて異常でしょ」

「お、起こってもらったら困るし……!」

「なーに言ってんの。付き合ってもうすぐ半年経つんだから、それくらい覚悟しときなさいよ〜!」

　か、覚悟って。わたしにはそんな大人な世界わかんない
もん。

　いまだにキスだけで精いっぱいなのに。

　でも、沙耶の言うとおり、いつまでたってもキス止まり
はおかしい……のかな。

　ちょっと不安になった。

　わたしに魅力がないから、そういうことしてこないのか
な……って。

　でも、今のわたしには気持ちの覚悟ができていなくて、
まだもう少し先のことだと思っていたのに。

　まさかこのあと、とんでもない事件が起こるなんて、こ
のときは知らずに——。

　沙耶と結構遅くまで遊んで、帰ってきたのは夜の7時前。

　先輩にはちゃんと遅くなるって伝えてあるし、ごはんも
作れないって言ってあるし。

　先輩も今日は実家のほうに寄るから帰る時間が遅くな
るって連絡来てたし。

　いったん自分の部屋に戻って、制服を脱いでささっと着
替えをすませていると。

　スマホがブーブー鳴った。

　先輩かなって思って慌ててスマホを手に取って差出人を
見たら菜津さんだった。

　ついこの前、先輩の部屋に遊びに来ていて、そのときに
連絡先を交換してもらった。

　そのときに彼氏さんとのことを聞いたら無事に仲直りできたみたいで、また彼氏さんの部屋で一緒に住んでいるらしい。

　急に連絡してくるなんて、いったいどうしたんだろう？　と思い、メッセージを開いた。

【やほやほー。今日暁生の部屋に寄ったんだけど、間違えて冷蔵庫に買ってきたお酒そのまま入れちゃった〜】

　なんとお気楽なメッセージ。

　さらにもう１件。

【暁生にもメッセージ入れといたんだけど、既読ついてないから、杞羽ちゃんから間違えて飲まないように伝えといて〜】

　たぶんだけど、先輩のことだから冷蔵庫なんて滅多に開けないだろうし、間違えることもないだろうから。

　そこまで気にせずに、とりあえずお風呂に入ってから寝る前に先輩の部屋に行くことにした。

　いろいろとやっていたら時間がかなりすぎてしまって、夜の10時を回っていた。

　今から先輩の部屋に行っても迷惑じゃないかな。

　もう寝ちゃってる可能性もありそう。

　いちおう行く前に電話してみようかな。

　スマホをタップして電話をかけてみたんだけど。

「出ない……。もう寝てるのかな」

　諦めてそのまま切ろうとしたとき。

　発信中の画面から急に繋がった。

「え、あっ、もしもし」

　切ろうとしたのをやめて、慌ててスマホを耳元に持っていく。

『……』

　ん？　あれ、無言なんだけど。

　もしかして切れてる？

　耳から少し離して画面を見たら、いちおう通話中になっている。

　えっ、なになに、なんで無言なの。あらての嫌がらせ？

　すると、何も言わずにプツッと切られた。

「えぇ……？」

　結局、今のなんだったんだろう。

　真っ暗になったスマホの画面をジーッと見つめて、むむむむと考えてみる。

　もしかして何かあったとか。

　緊急事態が起こってるとか……!?

　なんとか電話には出られたけど、喋るほど気力が残ってなくて……みたいな？

　まさか体調不良で倒れたりしてないよね……!?

　悪いことばかりが浮かんできて、すごく心配になって、気づいたらスマホと家の鍵を持って先輩の部屋へ。

　真っ先に向かったのは寝室。

　扉を開けたら、真っ暗な部屋の中でベッドの上でうつ伏せで倒れている先輩を発見。

「えっ、嘘、大丈夫ですか……!?」

　部屋の電気をつけて先輩のそばへ駆け寄る。

　近づいてみたらスウスウと寝息が聞こえたので、とりあえず安心。

　これは……ただ寝てるだけ?

　さっきの電話も寝ぼけて出たとか?

　でも、よく見たら制服姿のままだ。

　いつもならすぐに着替えるのに。

　まさか、帰ってきてからずっとこのまま寝てたとか?

　とにかく、いったん起こしたほうがよさそうなので、体を揺すって声をかけてみる。

「先輩?　起きてください。ちゃんと着替えないと制服がシワになっちゃいますよ」

　すると、寝ている先輩の体がピクッと動いて反応した。

　むくっと顔を上げて、わたしをジーッと見つめたまま。

　目が少しとろーんってなっている。

　寝起きだから……かな。

「え、えっと……起きましたか?」

　すると、急にニッと笑って。

「……杞羽チャンかーわい」

「へ?」

　えっ、なんか先輩ちょっとおかしくない!?

　いや、いつもちょっとくらいおかしいときはあるけど、いきなりどうしたの!?

「……なーに、そのエロいかっこー」

「え、えっ？　いつもと同じ部屋着……」

「……キャミソール見えてる」

　なんて言いながら、キャミソールの紐に手を伸ばしてグイッと引っ張ってくる。

「えっ、やだやだ、どこ引っ張ってるんですか……っ」

「どこだっていーじゃん」

「よくないです……！」

　やっぱりいつもよりおかしいような。

　急に可愛いとか言い出したり、こんなことするなんて。

「なんか……杞羽のことめちゃくちゃにしたい」

「ひぇっ、ちょっ……せんぱ……っ」

　えっ……な、なんですかこの展開。

　気づいたら体がベッドに倒されて、真上に覆いかぶさってくる先輩。

「……抱いていい？」

「っ……!?」

　ちょ、ちょっと待って……！

　なんでこんな急展開になってるの。

　キス以上のことなんてまだ先だと思っていたのに、こんな急なことある……!?

「ひっ、せ、先輩……っ、お願いだからいったん落ちついて──」

「……気持ちよくしてあげるから」

　ぜったい危険。耳元で囁くように落ちてきた声は、本気なような気がする。

　まってまって、まだそんな心の準備とか何もできてない
のに……っ。

「せ、せんぱ……んんっ」

　あっけなく塞がれる唇。

　いつもよりずっと強引で、無理やり口をこじ開けてくる。

「ま、まっ……ん……」

　ほぼないに等しい力で抵抗しても、かなうわけない。

　唇をわずかに動かして、たまにやわく噛んだり、音を立
てたり。

　甘い、甘すぎて、クラクラする。

「やっ、ほんとに待って……っ」

　顔を横にずらして精いっぱいの抵抗。

　見下ろしてくる先輩の瞳は、かなり熱を持っていて止め
ないとぜったいまずい。

　でも、今の先輩は止まってくれないような気がする。

「……ダーメ、今いいトコなのに」

　いつもと違って艶っぽくて熱っぽくて。

　抵抗したら、片手でわたしの両手首をつかんでくる。

　不意にシュルッとほどかれるネクタイ。

　すごくまずい状況なのに、見下ろしてくる先輩がいつも
より何倍もセクシーで、心臓がバクバク動いて忙しい。

　ネクタイをゆるめるときの仕草とか。

　少しはだけたシャツから見える鎖骨とか。

　いつもより熱っぽい瞳とか。

　……意識したら、こっちの体温までどんどん上がって熱

くなってくる。

「……可愛すぎて本気で抑えきかない」

「っ……」

　つかまれた両手首を頭上に持っていかれて、また深いキスを落としてくる。

　キスの間も先輩の手は止まってくれなくて、空いている片方の手が服の中にスルリと滑り込んでくる。

「やっ……は、恥ずかしい……っ」

　撫でられて、触れられるだけで体がゾクゾクしてくる。

　抵抗したいのに、体は言うことを聞いてくれないし力も全然入んない。

「……なんでそんなかわいーの」

「っ……ぅ」

　身動きが取れないし、キスのせいで息が荒くなるし、なんでか瞳にジワリと涙がたまるし。

　もういま自分がどんな顔してるかなんて、見たくもないし見られたくもない。

　こんなのじゃ心臓がもたない……っ。

　そう思った直後。

　先輩の手がピタッと止まった。

　そして、いきなりわたしの上にドサッと倒れ込んできた。

　え、え……？

　今度はいったい何……!?

「うっ、重い……重いです……っ」

　全体重をかけてくるから重くて仕方ない。

　両手を使って目の前にある先輩の体を押して、隣にドサッと倒した。

「え……。ね、寝てる？」

　さっきまでの勢いはどこへやら。

　今はスヤスヤ気持ちよさそうに眠っている。

　も、もうなんなの……っ！

　さっきまでたくさんドキドキさせられて、この先どうなっちゃうのって考えたのに。

「先輩のバカ……ッ！」

　とりあえず先輩の暴走が止まってよかったと思い、その日の夜は眠りにつくことに。

　そして翌朝。

　目が覚めてみたら。

「……あれ、なんで杞羽がいるの？」

「え？」

　わたしが隣で寝ていたことに驚いている様子。

　話を聞いてみたら、どうやら昨日の夜の記憶がほぼないらしく。

「……なんも覚えてない」

「えぇ」

　先輩の様子からして嘘をついているようには見えない。

　でも、昨日のことを翌朝ポンッて簡単に忘れちゃうことなんてある？

「昨日けっこー遅くに部屋に帰ってきて、そこから記憶が

曖昧」

「着替えもせずにベッドで寝てたんですよ」

「んー……。そーいえば、帰ってきて喉が渇いて冷蔵庫に
入ってたやつ飲んだあとから記憶ない」

「ま、まさか……」

　ハッとして、ベッドから飛び起きてキッチンのほうへ。

　そして、キッチンの上に置かれている空き缶が１つ。

　あぁ、ぜったいこれのせいだ。

　ジュースか何かだと思って飲んだに違いない。

「ん……？　何それ」

　後ろから覗き込むように、わたしの手に持っている空き
缶をジーッと見てる。

「これ、飲んじゃいましたか？」

「飲んだような気がする」

「ちゃんと確認して飲まなきゃダメですよ！」

　菜津さんが間違えて置いていったお酒をどうやら飲んで
しまったみたい。

　だから昨日あんなにおかしかったのか……！

　記憶が曖昧なのも納得できる。

「……何これ、酒？」

「そうです！」

「あー……だから飲んだあと気分悪くなったんだ」

「なんでもかんでも飲んじゃダメですよ……！」

「ってか、俺こんなの買ってないんだけど」

「菜津さんが間違えて置いていったみたいです」

　ほんとにお騒がせなんだから。

　このお酒のせいで、どれだけドキドキさせられたと……！

　間違えても、もう二度と先輩にお酒は飲ませちゃいけないと、この出来事でしっかり学んだのでした。

わたしのぜんぶ、先輩のもの

　最近、先輩の様子がおかしい。

　今ごはんを食べ終えて、お風呂もすませてソファで2人ゆっくりしているところ。

　隣に座っている先輩は無言でスマホをいじっている。

　前までは、隣に座っていたらギュッて抱きしめてくれたり手を繋いだりしてきたのに。

　最近はまったくといっていいほど、先輩から触れてくることがない。

　夜眠るときは同じベッドで眠るし、朝起きたときも一緒。

　でも……全然触れてこないしキスもしてこない。

　前は寝る前と起きたときしてくれていたのに。

　やだやだ、なんかこれだとわたしが欲求不満みたいじゃん……！

　もしかして、わたしのことなんてもう興味なくなって飽きちゃった……？

　別に避けられているわけじゃない……と思うけど、今までベッタリだった人が突然触れてこなくなったら、変だと思うじゃん。

　だから、ちょこっと頑張って自分から寄って、先輩のパーカーの裾をギュッと握ってみる。

「……なーに」

「スマホばっかり……見てる、から」

　めちゃくちゃかまってちゃん。

　スマホなんか見てないで、わたしを見てよって言ってる
ようなもの。

「スマホ見ちゃダメなの？」

　変だ、ぜったい変。

　いつもの先輩なら『甘えてる杞羽かわいー』とか言って
かまってくれそうなのに。

「ダメじゃない……ですけど」

「……ふーん、そう」

　手を握り返してくれない、こっちも見てくれない。

　いいもん……。そっちがそういう態度なら、こっちだっ
てもう知らないんだから……！

　無言でソファから立ち上がって、1人で寝室に向かった。

　結局この日も同じベッドで寝たけど、ただ寝るだけ。

　だから、わたしなりの最大の抵抗として、目が覚めたら
先輩のことは起こさずにそのまま部屋を出て学校へ。

「ほほーう。ついに倦怠期か？」

　とっくに冬休みは明けて、学校に来て沙耶に最近のこと
を相談した。

「あんなに杞羽にベッタリだった春瀬先輩がついに触れな
くなるとはね〜。こりゃ大事件だ〜」

「うぅ……」

　机に顔をペシャリとつけて、落ち込みのポーズ。

　ほんとにほんとに大事件だよ……。

「他に気になる女でもできたか～？」

「そ、そんなぁ……」

「まあ、春瀬先輩に限ってそんなことないと思うけど。だって春瀬先輩の杞羽に対する溺愛度って異常だよ」

「い、異常ってそんなに……？」

「うん、そこまで溺愛するかよってレベル。そのうち部屋とかに監禁しそうじゃん」

　沙耶の中での先輩のイメージって、かなりヤバい人みたいじゃん。

「俺の可愛い杞羽ちゃんは他の男には渡しませーんみたいな感じだし。めちゃくちゃ愛されてるよ～？」

「今それ言われても説得力ないよぉ……」

　付き合う前から思っていたけど、先輩ってぜったい独占欲強いもん。

　自分のものを他人に取られるのをすごく嫌がるタイプ。

　好きなものは好き。嫌いなものはとことん嫌い。

　だから、ものすごくわかりやすい人。

　そんな人があからさまに触れてこなくなった＝興味なくなったって解釈しちゃうじゃん……。

「まあ、落ち込むことはない！　いつも春瀬先輩から攻めてるんだから、今度は杞羽が攻めればそれでいいわけさ」

「は、はい……？」

「あっ、それかさー。あえて春瀬先輩の部屋に行くのやめてみるとか」

「やめるって、何も言わずに？」

「そうそうー。向こうが引いてくるなら、こっちも引くか、もしくは攻めるかどっちかじゃない？」

　もし先輩の気持ちが冷めてて、わたしまで引いちゃったら、このまま別れるみたいな展開もありえなくないんじゃ。

「杞羽の性格上、攻めるのは無理そうじゃん？」

「う……っ」

「だったら、こっちも引いてみな！　それで春瀬先輩が何もアクション起こしてこなかったら諦めるしかないけど」

　結局、沙耶の言うとおり今日の夜から先輩の部屋に行くことをやめた。

　もちろん何も連絡せずに。

　もし、これで先輩がなんともないって感じだったら本格的に別れの危機……。

　自分の中で勝手に賭けに出たつもりで、その日は学校から帰って部屋に閉じこもった。

　そのまま時間はどんどんすぎていき——。

「先輩のバカ……ッ。連絡もしてこないじゃん」

　引いたのはわたし。でも、ほんとは期待してた。

　『なんで俺の部屋に来ないの』とか『杞羽がいないとさびしい』とか……言ってほしかったのに。

　その期待は見事に裏切られて、その日は１人さびしく広いベッドで眠った。

　そんな生活が３日くらい続いた。

　先輩がそばにいないだけで、わたしは見事に寝不足。

　せっかくの土曜日なのに、あんまり寝てないせいで頭痛がひどいし体が重い。

　頭痛薬を飲んで、眠くなったらちゃんと寝ないと体を壊しそう。

　もういいや、先輩のことなんて考えるのやめちゃえば。

　ベッドに倒れ込んで、ギュッと目をつぶる。

　何も考えたくないのに……浮かんでくるのは先輩の顔ばかり。

　いつも甘えてくる先輩。

　わがままばかりだけど、わたしにだけとびきり甘い先輩。

　ぜんぶを包み込んでくれる優しい先輩。

　気づいたら……わたしのほうが、ずっとずっと先輩に夢中で、そばにいなきゃダメになってる。

『杞羽なんて飽きたからもういらない』

『杞羽よりかわいー子なんてたくさんいるし』

　こんなこと言われたら、ショックで立ち直れないどころの話じゃない。

　頭がガンガン痛んで、ギュッと閉じた瞳は涙でいっぱいになって、目尻からスッと流れ落ちた。

「ん……」

　あれからどれくらい時間が経ったんだろう。

　それと、さっきから何かがブーブー鳴っている。

　徐々に意識がはっきり戻って、スマホが鳴っているとわかってくる。

　ずっと鳴っているから、たぶん電話。

　枕元に置いてあるスマホに手を伸ばして、かけてきた相手を確認。

　画面に表示されている名前は──春瀬暁生。

　応答をタップしようとしたけど指がピタッと止まった。

　ここで素直になればいいのに、変に強がっちゃうのがいけないんだ。

　わかってる、わかってるけど。

　もしこの電話が、さっき考えたようなことを言うためにかけてきたんだったら。

　……出たくない。とっさに拒否をタップした。

　そのまま真っ暗になった画面。

　こんなことして、先輩は怒っちゃったかもしれない。

　どうせなら切れるまで無視して、気づかなかったフリもできたのに。

　薄暗い部屋。どんより重い気持ち。

　せっかく先輩と話せるはずだったのに、強がってばかりでほんとに可愛くない。

　スマホをベッドに放り投げて、そのまま体をベッドに倒したとき。

　開くはずのない扉がゆっくり音を立てて開いた。

　わたしの部屋の鍵を持っていて、中に入ってこれる人なんて1人しかいない……。

「きーう」

「っ……」

　ずるいよ、先輩。

　そんなふうに甘い声で呼んでくるなんて。

　聞こえないフリをして、無視を貫いたら。

「起きてるでしょ」

「……ひゃっ」

　ギシッとベッドが軋む音。

　あっという間に後ろから大好きな温もりに包まれた。

「ほら、起きてるじゃん。なんで無視すんの？」

「……っ、無視してない」

「電話したら切ったくせに」

　そもそも、先輩のほうがわたしを避けるようなことする
から。

　わたしが３日間、会いに行かなくても連絡もしてこなく
て、会いにも来てくれなかったくせに。

　なのに、今になってそんなこと言うのずるいよ。

「それは……、先輩も同じじゃん……っ」

「何が？」

　ここにきてとぼけるの？

　自分がいちばんわかってるくせに。

「先輩は、わたしに飽きちゃったの……っ？」

「は……？　いや、なんでそーなるの」

「他に好きな女の子できたんでしょ……っ」

　めちゃくちゃ面倒くさい女になってる。

　でも、言い出したら止まんない。

「もうやだ……っ。わたし先輩に嫌われたら生きていけな

い……っ」

　普段なら、こんなことぜったい口にしない。

　重いとか思われて、呆れられても仕方ないけど。

「いや、いつ俺が嫌いなんて言った？」

「だ、だって最近わたしに触れてくれないから……っ」

　少しの沈黙のあと。

　先輩が若干気まずそうに口を開いた。

「あー……。もしかして、それが原因で杞羽は俺のこと避けてんの？」

　その質問に、コクリと首を縦に振る。

「んで、俺が杞羽に飽きたとか、他に好きな人できたとか勘違いしちゃったわけ？」

「かん、ちがい……？」

「……俺が杞羽のこと飽きるなんて一生ありえないのに」

　少し体を離して、軽くチュッて落とされたキス。

　触れるだけで、すぐに離れちゃう。

　これが物足りなく感じちゃうわたしは……ぜったいにおかしいの。

「こ、これでおわり……っ？」

「……は？」

「いつもはもっとしてくれるのに……」

　困った顔をした先輩を差し置いて、いつもはぜったいしないけど自分から唇を重ねた。

　ただ重ねるだけで、この先のことはわかんない。

「……これ以上はほんとダメ」

　顔を横にプイッと向けて唇を外された。

　勝手に傷ついちゃう。拒否されたって。

　やだ、泣きそうになっちゃう。

「……いや、ダメっていうのは俺の限界がきてるから」

　わたしが泣きそうにしてるから、珍しく先輩がちょっと

焦ってる。

「限界なんてわかんない……っ」

　いつもよりわがままが増して、先輩の首筋に腕を回して

ギュッと抱きついてみる。

「んー……杞羽チャン、俺も男なんですよ」

「知ってるもん……」

「かわいー杞羽チャンがそばにいると、我慢できないくら

い理性がグラグラなんですよ」

「グラグラ……？」

「今もこうして、体引っつけられるとフツーに欲情しちゃ

うんだけど」

　声がちょっと余裕なさそう。

　顔をひょこっと覗き込んだら、暗いけど至近距離だから

少しだけ赤くなってるのが見えた。

「っ、そんな可愛い顔して俺のこと見ないで」

　引き離してくるから、わたしのほうから離れないように

ギュッてしがみついたら。

「……こっちがどれだけ我慢してるか知らないくせに。フ

ツーならそれ、誘ってるってとらえるよ」

「誘ってる……って？」

「……こーゆーことするの」
　服の中に手が入り込んできて、直に先輩の少し冷たい手が肌に触れる。
　お腹のあたりを撫でて、その手がどんどん上がっていって……。
「っ、うわ……なんで今日に限って何もつけてないの」
　撫でる手が戸惑ってピタッと止まった。
「だ、だって先輩が来るなんて思ってなくて……っ」
「あー……もうほんと無理。我慢とか苦手なんだって……」
　ほんとにびっくりするくらい先輩の表情がめちゃくちゃ崩れてる。余裕なさそう……というか、つらそう。
「杞羽が怖がることしたくないから触れないように避けてたのに」
「え、えっと……」
「こんな誘い方ずるいって……。ここで我慢できるほど、俺は出来た人間じゃないよ」
　もしかして、触れるの我慢してる……の？
　それなら──。
「我慢なんて……しなくていい、ですよ」
　触れるのを我慢して、避けられるほうがもっと嫌。
「……いや、意味わかってないじゃん」
「わ、わかってます……っ。せ、先輩がしたいようにしてくれたら……いいから」
「……杞羽が考えてるよりずっとヤバいことすんのわかってんの？」

「わ、わかります……っ」

　ほんとは、何されるかイマイチわかってないけど、先輩なら優しくしてくれるって思うから。

「……それ、抱いていいってこと？」

　数秒、返事に困って固まっていると。

　先輩が、はぁ……とため息をついて。

「言っとくけど、抱きしめるって意味じゃないよ。キスよりもっと激しいことするんだから」

「ひぇっ、あっ……」

　さっきまで止まっていた手が肌を撫でた。

　先輩の大きな手が包み込むように触って撫でて。

「……ぅ……やっ……」

「……こーゆーことすんの、わかる？」

　触れながら、今度はタガが外れたようなキス。

「んんっ……ぅ」

　キスは長くて……。

　甘いキスも先輩の手も止まってくれない。

　でも、どこかで少しだけ怖いって気持ちが出てきて、肩に力が入る。

　すると、先輩の手がピタッと止まった。

「……ほら、やっぱり怖いでしょ？」

「うぅ……怖くない……っ」

「涙目になってるくせに」

　気づいたら瞳に涙がいっぱいたまっていた。

　すると、先輩がわたしの体をゆっくり起こして、お互い

向き合うかたちで座る。

　そして、涙を優しく指で拭ってくれた。

「なんで、やめちゃうんですか……っ」

「さすがに泣いてる子には手出せないよ。焦ってするようなことじゃないから」

「うぅ……でも先輩我慢してるって……」

　さっきもつらそうにしてたもん。

　キスより先はよくわかんないけど、我慢するってぜったい大変なことだもん。

「……好きな子のためなら我慢なんていくらでもできるもんなんだよ」

　そう言って、めそめそ泣いてばかりのわたしに優しくキスをした。

　もちろん軽く触れるだけ。

「先輩なんでそんなに優しいの……っ」

「可愛い杞羽チャン限定だよ」

　優しくてとことん甘やかしてくれる。

「他の子のところに行ったりしない……っ？」

「しないよ。飽きるようなこともない」

　あぁ、わたしすごく面倒くさい子になってる。

　でもね、先輩がぜんぶ受け止めてくれるから。

「うぅ……先輩だいすき……っ」

　勢いよく先輩の胸に飛び込んだら、そのままベッドのほうへ倒れてしまった。

「んー……、俺これでも我慢してるんだよ」

「だって、どうしても先輩に抱きしめてほしくて……っ」

「はぁ……もう、なんでそんな可愛いの」

　そう言って抱きしめてくれる先輩はわたしにとことん甘いの。

「先輩、だいすき……っ」

「さっきも聞いたよ」

「先輩は……っ？」

　胸に埋めていた顔を上げて、先輩の顔をしっかり見る。

　すると、ちょっと困った顔をしながら「ほんと杞羽の可愛さには一生かなわないね」なんて言いながら。

　わたしの瞳をしっかり見つめて。

「俺も──好きだよ」

　とびきり甘いキスを落とした。

＊End＊

あとがき

いつも応援ありがとうございます、みゅーな**です。

このたびは、数ある書籍の中から『お隣のイケメン先輩に、365日溺愛されています。』をお手に取ってくださり、ありがとうございます。

いつも同居のお話が好きでよく書いているのですが、今回はお隣さんに住んでいるという設定にしてみました！

最後のほうは、ほぼ同居してるみたいでしたよね（笑）。

自由すぎる暁生と、しっかり者に見えてどこか抜けている杞羽のお話はどうだったでしょうか……！

先輩と後輩という普段あまり書かない設定でしたが、気に入ってるところが多い作品でもありました。

普段、敬語を使っている杞羽が不意に敬語じゃなくなるところが好きだったり。

暁生が、あえて"杞羽チャン"って呼ぶところが好きだったり。

最初は杞羽が暁生のペースに振り回されていたけれど、付き合ってからはそれが逆転しているところもあったりするのが気に入ってたりします！

また、文庫限定で暁生サイドのお話を書かせていただきました！　杞羽のためにいろいろ我慢してる暁生は、きっ

とこれから先も杞羽の可愛さに振り回されちゃうんだろう
なぁと思ったり。

　最後になりましたが、この作品に携わってくださった皆
さま、本当にありがとうございました。
　気づけば初めて書籍を出させていただいてから３年が経
ちました。そして、今回この作品で10冊目の出版をさせ
ていただくことができ本当にうれしく思います。

　今回カバーイラストを引き受けてくださったイラスト
レーターのOff様。今回の作品と既刊を合わせて８冊も担
当していただき、どの作品のキャラクターもいつもイメー
ジどおりに描いていただいて。今回も可愛いカバー、相関
図を描いてくださり、そして可愛すぎる挿絵まで描いてい
ただき本当にありがとうございました。
　こうしてまたカバーイラストを担当していただけて本当
にうれしかったです。また大切な本が１冊増えました。

　そして、ここまで読んでくださった皆さま、応援してく
ださった皆さま、本当にありがとうございました！

　またどこかの作品でお会いできることを願って。

2020年11月25日　みゅーな＊＊

作・みゅーな＊＊

中部地方在住。4月生まれのおひつじ座。ひとりの時間をこよなく愛するマイペースな自由人。好きなことはとことん頑張る、興味のないことはとことん頑張らないタイプ。無気力男子と甘い溺愛の話が大好き。近刊は『王子系幼なじみと、溺愛婚約しました。』など。

絵・Off（おふ）

9月12日生まれ。乙女座。O型。大阪府出身のイラストレーター。柔らかくも切ない人物画タッチが特徴で、主に恋愛のイラスト、漫画を描いている。書籍カバー、CDジャケット、PR漫画などで活躍中。趣味はソーシャルゲーム。

ファンレターのあて先

〒104-0031

東京都中央区京橋1-3-1

八重洲口大栄ビル7F

スターツ出版（株）書籍編集部 気付

みゅーな＊＊先生

KEITAI
SHOUSETSU
BUNKO
野いちご SINCE 2009

お隣のイケメン先輩に、365日溺愛されています。
2020年11月25日　初版第1刷発行

著　者　みゅーな＊＊
　　　　©Myuuna 2020

発 行 人　菊地修一

デザイン　カバー　ムシカゴグラフィクス
　　　　　フォーマット　黒門ビリー＆フラミンゴスタジオ
　　　　　人物ページ　久保田祐子

ＤＴＰ　朝日メディアインターナショナル株式会社

編　集　黒田麻希　酒井久美子
発 行 所　スターツ出版株式会社
　　　　　〒104-0031 東京都中央区京橋1-3-1　八重洲口大栄ビル7F
　　　　　出版マーケティンググループ　TEL03-6202-0386
　　　　　（ご注文等に関するお問い合わせ）
　　　　　https://starts-pub.jp/
印 刷 所　共同印刷株式会社
Printed in Japan

ISBN 978-4-8137-1002-8　C0193